ZAD

©2021. EDICO
Édition : JDH Éditions
77600 Bussy-Saint-Georges. France
Imprimé par BoD – Books on Demand, Norderstedt, Allemagne

Conception couverture : Yoann Laurent-Rouault
Création couverture : Cynthia Skorupa
Photo couverture : 4Against_the_Airport_and_its_World

ISBN : 978-2-38127-096-8
Dépôt légal : janvier 2021

Julie Jézéquel & Christophe Léon

ZAD

JDH Éditions

Drôles de pages

1

Un groupe de jeunes gens s'entraînait au tir à l'arc au milieu d'un champ en attente de labours. Des cibles en tissu avaient été agrafées sur des roundballers de foin.

Le bruit diffus d'un moteur ronfla au loin. Un engin survola le rond-point flambant neuf d'où partaient des voies d'accès inachevées, se stabilisa un court instant au-dessus des parcelles maraîchères cultivées et laissa filer les banderoles accrochées aux clôtures. Puis il vira sur la droite, pointa son groin électronique sur le camp principal, sur des fermes pour certaines déjà abandonnées, sur des zones boisées qui formaient un écran de verdure protecteur et enfin sur des tentes poussées semblables à des champignons insolites dans ce milieu naturel. Le drone s'attarda sur une grange restaurée avec du matériel de récupération qui ressemblait, à s'y méprendre, à un bateau pirate échoué au cœur de terres agricoles. Il en fit le tour tel un chien de chasse, reniflant la piste du gibier, s'en lassa peut-être et, en quelques secondes seulement, projeta son ombre au pied du groupe.

Les têtes étaient levées. Les regards inquiets s'interrogeaient mutuellement dans un silence haché par le bruit mordant des pales du drone. Où se mettre à l'abri ? Vadim s'accroupit. Plus petit que les jeunes hommes de sa génération – il flirtait tout juste avec le mètre quatre-vingt – les cheveux châtains coupés à la va-vite, de grands yeux noisette qui éclairaient son visage mangé par une barbe mal taillée, il émanait de lui une force intérieure qui rassurait ses camarades. Son arc toujours en main, il était prêt à fuir d'un bond. Mais pour aller où ? Le couvert des premiers arbres se trouvait à plus d'une centaine de mètres de là. La sueur dévalait le long de son visage jusqu'à ce que le trop-plein ne se déverse dans son cou, absorbé par le col du tee-shirt.

Lequel des huit jeunes eut l'idée en premier ? Impossible à dire tant leurs gestes semblèrent coordonnés. Les arcs se bandèrent. Les flèches s'élancèrent vers le drone qui chaloupait, ne se décidant pas pour une direction ou une autre. Vadim cria de continuer à tirer. Ils allaient l'avoir, cet enculé ! Une deuxième salve feula en direction du mouchard qui se cabra et dégagea enfin la zone.

L'oreille aux aguets, ils écoutaient le bruit du moteur s'éloigner. Béa, la seule femme du groupe, regardait nerveusement autour d'elle, se demandant où se cachaient les flics et s'ils allaient donner l'assaut dans les minutes qui suivaient.

— Je crois que ça va aller… murmura-t-elle.

Elle posa une main sur le bras de Vadim. De quelques années plus âgée que lui, elle renvoyait l'impression d'une femme mature qui ne se berçait pas d'illusions et ne se laissait pas facilement impressionner. Elle n'avait jamais cherché à plaire, ce qui contribuait à son charme.

— Ils multiplient les repérages… s'inquiéta Vadim.

Béa acquiesça d'un hochement de tête.

2

Régis Mativet se tenait en observateur à l'une des fenêtres de sa ferme. Spectateur dubitatif, mais surtout inquiet, il regarda passer le drone qu'il avait surnommé le *frelon asiatique*. Il n'avait pas assisté aux tirs des flèches. Cela l'aurait amusé. Au-delà des bâtiments de son exploitation, il pouvait voir Hugo Ténor entouré de ses chèvres.

Lui aussi ne perdait pas une miette de la fuite bruyante de l'engin. À son passage éclair au-dessus de sa tête, il cracha par terre, un signe de mépris chez cet homme aux muscles noueux, au poil dru et au teint boucané par les nombreuses heures passées à l'extérieur.

Agriculteurs de père en fils, Régis avait vu celui qu'on n'appelait dans le coin que par son patronyme – *Ténor* – s'installer à Paunac il y avait bientôt quinze ans. Ténor s'était lancé dans l'élevage des caprins, puis dans la fabrication de fromages de chèvre qu'il vendait au marché du village et dans ceux des alentours. Au début, Régis n'avait pas cru que cet ancien ouvrier métallurgiste puisse réussir cette reconversion. La terre – il le pensait à l'époque – ça ne s'improvisait pas, c'était dans les gènes. Depuis, il avait révisé son jugement face à l'afflux des néoruraux dans la région. Certains ne s'en sortaient pas si mal que ça. Et même s'ils aimaient la terre différemment, ils l'aimaient quand même. Et pour Mativet, c'était le principal. Ténor et lui n'avaient pas tardé à sympathiser comme pouvaient le faire deux taiseux qui se jugent à l'épaisseur de leurs mains de travailleurs. Aujourd'hui, les deux hommes se faisaient confiance et Ténor s'en remettait à Régis pour les décisions importantes. Pas seulement parce que Régis était son aîné de dix ans, mais parce qu'il y avait chez l'agriculteur un sens peu commun du partage et de la solidarité qui faisait de lui un homme écouté et apprécié de tous.

Le drone définitivement éloigné, Régis referma la fenêtre et descendit dans la cuisine se préparer un café serré comme il les aimait.

Ténor, de son côté, rameuta son troupeau en sifflant dans ses doigts, engagea sa chienne, une border collie de six ans appelée *Dame*, et emprunta une sente à travers bois pour changer de lieu de pâturage.

3

Le maire de Paunac, Vincent Ronsac, rentrait chez lui à l'heure du déjeuner. Il était visiblement soucieux, ses traits étaient tirés. Les trois ou quatre kilos pris ces derniers temps à cause de ses « emmerdes », comme il les appelait, lui pesaient sur la conscience et sur les hanches. Il aurait fallu qu'il cesse de grignoter à tout bout de champ pour contrecarrer la prise de poids, mais cette frénésie était devenue une espèce de toc incontrôlable ; une boulimie addictive qui l'apaisait et lui permettait d'évacuer la pression à laquelle il était soumis depuis des mois.

Ronsac n'eut pas un mot pour sa fille Lou. La lycéenne de bientôt 17 ans s'inquiéta de le voir faire la gueule.

— Ça va, papa ? On dirait pas…

Lou le questionnait pour la forme. Comme tous les ados de son âge, son principal intérêt était elle-même. Ce *Moi* colossal avait germé comme une mauvaise herbe dans son inconscient en friche et cet ego enflé et exigeant se nourrissait de lui-même pour renaître chaque jour plus despotique. Lou se démenait dans sa bulle de pré-adulte encore sujette à des envies de gosse, mais tiraillée par des besoins de femme. Bateau sans quille, elle naviguait à vue entre ses deux états, souvent horripilante, parfois adorable. Ses parents s'accrochaient au souvenir de la mignonne petite fille qui venait quémander un câlin dans leur lit le dimanche matin. Un temps révolu auquel ils ne renonçaient pas sans amertume au profit d'une ado qui les désorientait. L'incompréhension entre Lou et ses parents présidait en maître étalon de leur relation familiale. Il n'était pas rare qu'une dispute

éclatât d'un simple mot ou d'une attitude au demeurant ano-
dine. Lou se renfrognait illico dans une opposition de principe
qui réfrigérait l'atmosphère.

Ronsac embrassa Lou distraitement sur le front, ce qui lui
évita de répondre. Il n'avait ni le courage ni la vitalité nécessaires
pour s'expliquer ou entamer une conversation qu'il jugeait
d'avance stérile. Que pouvait bien comprendre une adolescente
à ses problèmes ? À l'inverse, que pouvait-il comprendre à une
adolescente, fût-elle sa fille ? Il était devenu père parce que
c'était le cours normal des choses. Lydie, peu de temps après le
mariage, avait désiré avoir un enfant. Et Lou était née. Ronsac
ne l'avouerait à personne, mais après dix-sept ans de paternité
quotidienne, une grande partie de lui était convaincue que la vie
aurait été plus simple sans. Et ce sentiment décuplait chaque
jour depuis que sa fille était devenue ce personnage énigma-
tique. Était-il comme ça à son âge ? Le souvenir de sa propre
adolescence ne correspondait pas à l'image qu'elle lui renvoyait.
Il eut été un centième aussi insupportable, son père l'aurait viré
de la maison. Mais peut-être était-ce différent pour les garçons ?
Ronsac ne le savait pas. C'était le genre de sujets qu'on n'abor-
dait jamais autour de lui. Surtout en ce moment.

Depuis des jours, l'inquiétude le rongeait. Le temps lui paraissait d'une longueur infinie et s'étirait sans apporter de réponses ni de solutions malgré ses efforts incessants. Des heures
à se demander quand et comment ? Des semaines à craindre
qu'au dernier moment, un obstacle quelconque envoie tout en
l'air, que son projet explose en plein vol et que l'œuvre essen-
tielle de son mandat de maire soit mort-née à cause d'une poignée d'extrémistes et une autre de suiveurs rétrogrades.

— La ZAD, c'est ça ? insista Lou.

Qu'est-ce qu'elle pouvait être pénible ! Dans son ton et son attitude faussement intéressés, Ronsac percevait son besoin irrépressible de le provoquer. Il prit sur lui pour ne pas entrer dans son jeu. Alors, du bout des lèvres, il répondit avec douceur qu'il avait rendez-vous avec le préfet en début d'après-midi. Néanmoins, Lou insista et voulut absolument savoir ce qui allait se passer. L'armistice entre eux cessa sur-le-champ, il n'avait duré que quelques secondes.

— Tu ne peux pas comprendre… renâcla Ronsac. C'est trop compliqué…

Lou le fusilla du regard. Elle chercha la bonne réplique qui aurait blessé son père, mais ne trouva rien. Elle l'en détesta davantage. Vincent lui tourna le dos, histoire d'abréger l'échange avant qu'il ne devienne un affrontement en règle. Touchée dans son amour-propre par l'attitude désinvolte de son père, Lou se raidit. Elle voulait affirmer sa condition de véritable femme, d'adulte responsable qu'il ne devait pas sous-estimer et qui avait son mot à dire. Mais avant qu'elle n'ouvrît la bouche, Ronsac, pressé, fatigué, en fuite, lui coupa l'herbe sous le pied :

— N'en rajoute pas, tu veux… J'ai déjà assez de problèmes comme ça…

Lou trouva enfin à répliquer.

— À t'écouter, on dirait qu'y a que toi qui as des problèmes !

Ronsac haussa les épaules et s'en alla sans se retourner, offrant à sa fille son dos légèrement voûté et sa veste chiffonnée dont un des pans rebiquait.

— Pauvre con… murmura-t-elle entre ses dents.

Elle le détestait. Mais, certaine de se venger de lui, elle ne put réprimer un sourire.

4

Il y a vingt ans, Agathe, ma grande sœur, est partie vivre à Paris avec son copain de l'époque. Gaby, il s'appelait, je crois. Elle en a tellement eus que j'ai fini par m'y perdre. Elle m'avait téléphoné, tout excitée, pour m'expliquer que là-bas, les gens ne rentraient pas déjeuner chez eux. Ils mangeaient au restaurant, dans des bistrots, prenaient un hamburger dans un fast-food ou un sandwich, s'installaient au self de leur entreprise. Certains profitaient de la pause déjeuner pour faire les boutiques ou du sport ou aller chez le coiffeur. Son patron, lui, sautait sa secrétaire, pensait-elle. Mais aucun n'avait le temps de rentrer à la maison. Je les avais plaints. J'ai toujours été casanière. Et à l'époque plus qu'aujourd'hui. J'aimais ma maison, faire mon ménage le matin, les courses vite vite pour avoir le temps de préparer le repas de Vincent. J'étais fière de son look de jeune cadre, de ses costumes, de ses chemises que j'ai mis beaucoup de temps à savoir repasser. Quand je repense à cette période de ma vie, je réalise que je jouais à la poupée. Ma maison, mon mari, bientôt mon bébé. J'étais une femme comblée et je visais la perfection. Au bruit du moteur de la voiture de Vincent, je m'éjectais du canapé, éteignais mon feuilleton préféré et me dépêchais vers la cuisine jeter un dernier coup d'œil à la table mise pour deux. Tout était pourtant prêt depuis une heure. Prêt et parfait. Agathe pouvait se moquer de moi quand je lui racontais ma vie de jeune mariée. Elle me trouvait soumise, disait que je marchais sur les pas de maman, qu'on était au 20ᵉ siècle et que, merde, je n'allais pas rester une femme au foyer. Elle ne se rendait pas compte que je n'aspirais à rien d'autre qu'à rendre Vincent heureux. Elle ne savait pas, la pauvre, la chance que j'avais d'avoir trouvé le bon du premier coup. Que je réalisais le rêve de mes 17 ans : épouser Vincent Ronsac. Pas le plus beau de la classe, pas même le meilleur, mais le plus visionnaire. Celui qui avait compris que pour réussir, il fallait entreprendre. Celui qui lisait les pages Économie des journaux de son père.

Celui qui s'était juré d'être propriétaire à 25 ans. Celui à qui on pouvait se fier, parce qu'« à lui, on ne la faisait pas à l'envers », comme il disait toujours. Et je trouvais ça hyper sexy, un type à qui on ne la faisait pas à l'envers. Je ne sais pas s'il utilise encore cette expression. Je n'y fais plus attention. Quand il a eu son premier emploi chez Zopran, le courtier en assurances le plus important de Paunac, il a décrété que je n'aurais pas besoin de travailler. Mieux : j'allais devenir son éminence grise. Parce que tous les hommes de pouvoir avaient une femme tapie dans l'ombre qui les conseillait, les soutenait, les écoutait. Agathe, elle, avait eu beau avoir des mecs et des mecs, aucun ne l'avait considérée comme une partenaire privilégiée. Seulement comme leur mère, leur maîtresse, leur bonne copine ou leur bonniche, et c'était d'ailleurs pour ça qu'elle finissait par les quitter. Quand Vincent rentrait déjeuner, il me racontait les rendez-vous qu'il avait eus à l'agence. Le vigneron qui venait déclarer des dégâts sur sa toiture juste le lendemain où la météo avait annoncé un fort coup de vent. Sauf que mon mari, il savait très bien qu'il n'avait pas eu lieu, le coup de vent, et que les vieilles tuiles cassées, le vigneron cherchait une combine pour se les faire remplacer. Mais... on ne la lui faisait pas à l'envers... Alors, Vincent envoyait un expert et le vigneron ne se faisait pas rembourser. Mais il savait aussi être arrangeant quand il le fallait. C'est grâce à cette subtile alchimie entre la clairvoyance et une cécité de circonstance qu'il a monté les échelons et que Zopran a fini par lui vendre son agence quand il a pris sa retraite. Pendant toutes ces années, moi, j'attendais l'heure du déjeuner et les histoires d'assurance avec impatience. Quand Lou est née, ces moments étaient encore plus merveilleux. Je lui donnais son bain en fin de matinée pour qu'elle sente le propre au moment où Vincent rentrait. Il posait un regard rempli de fierté sur notre enfant et je me sentais récompensée. Agathe ne se rendait pas compte du travail que cette vie demandait. Je prenais tout tellement au sérieux. J'ai lu des dizaines de livres sur la maternité et sur l'éducation. J'ai même poussé le vice jusqu'à coller des Post-it sur les pages qui me paraissaient essentielles pour pouvoir m'y référer si besoin. Ça me paraît risible quand j'y pense. Face à une énorme colère de Lou – elle a eu une *période très difficile entre deux et trois ans — je n'ai jamais eu le temps ni la présence d'esprit de l'abandonner pour chercher dans un de ces livres comment réagir. Déjà midi et demi ? J'entends Vincent et Lou parler dans le salon. Je remonte un peu plus le drap vers mes épaules. J'ai envie d'être seule, seule avec mes pensées. Qu'ils se débrouillent sans moi.*

La porte s'ouvre en grand et, aussitôt, la lampe du plafonnier s'allume. Je ferme brusquement les yeux.

— J'ai une migraine horrible... Éteins, s'il te plaît...

— Pardon, je ne savais pas que tu étais encore au lit... me répond-il en éteignant.

J'hésite à lui dire que je ne suis pas encore *au lit, mais* à nouveau *au lit, et que la différence entre les deux, c'est l'aspirateur passé dans toute la maison et la cuisine nettoyée après son petit-déjeuner, mais je réponds simplement :*

— J'ai lutté contre la migraine toute la matinée, mais là, ce n'est plus possible, j'ai besoin de rester dans le noir... Y a de quoi déjeuner dans le frigo.

— Tu devrais voir un médecin, lâche-t-il, pour se défausser du problème sur un autre.

Je tourne la tête vers lui, consciente de mes cheveux disposés en corolle sur l'oreiller. Je décide de ne pas relever le reproche. Vincent se défile toujours quand je suis souffrante, comme si je lui faisais un affront personnel. Je désorganisais son emploi du temps. Je donnais une mauvaise image de son rôle de mari. Lui qui a tant à faire. Ce n'est vraiment pas le moment de l'emmerder avec mon mal de tête, doit-il penser. Il vient s'asseoir sur le bord du lit. Au summum de la compassion. Je lui caresse la main d'un geste qui se veut tendre. Et je le rassure pour qu'il me fiche la paix.

— Ça va passer... Ça finit toujours par passer... La migraine... dis-je au cas où il penserait que je parle de l'amour que je suis censée lui porter et que je ne lui porte plus.

La conscience enfin tranquille, il se lève et va se planter devant le miroir de l'armoire.

— *Ma cravate, ça va ? demande-t-il, une pointe de fébrilité dans la voix.*

Je me redresse sur les coudes, réprime une nausée et réponds aussi aimablement que possible, et bien que sa cravate parte de travers :

— *Parfait, mon chéri.*

Il n'a jamais su faire correctement un nœud.

5

Dans l'entrée, sur un vieux meuble de cordonnier hérité des grands-parents, Ronsac avait déposé une chemise verte cartonnée. Lou l'ouvrit et lut en diagonale chaque feuillet les uns après les autres. Elle referma la chemise dès qu'elle entendit la porte de la chambre de ses parents s'ouvrir.

6

À la ZAD, Régis Mativet avait entrepris de semer des engrais verts sur l'une de ses parcelles. Féveroles, pois fourragers, vesces d'été et phacélias fournissaient l'azote et amélioraient la structure du sol. À une centaine de mètres de là, Titi Aselmot et son jeune frère s'affairaient à l'entrée de la ferme de Titi. Mativet les épiait du coin de l'œil. Il avait toujours soutenu Titi et sa famille dans les difficultés qu'ils avaient rencontrées, mais aujourd'hui, c'était une autre affaire. Son frère, en revanche, il le connaissait moins bien. Un gars de la ville souvent en déplacement qui venait rarement à la ferme. Meubles, frigo, bricoles, les deux hommes entassaient le tout dans une remorque qui était déjà pleine à craquer, et pourtant, ils en ajoutaient toujours plus. Perplexe et inquiet à la perspective de ce qui semblait être un départ imminent, Mativet secoua la tête de dépit.

7

Hugo Ténor, après avoir laissé ses chèvres au pré, retournait à son laboratoire avec sa chienne, Dame, qui ne le lâchait pas d'une semelle. Régis le salua quand ils se croisèrent et Ténor lui répondit d'un vague signe de la tête.

— T'as vu ? Tout à l'heure... Le machin qui volait ? demanda Mativet.

Ténor jeta un œil en direction du ciel, comme si le drone était toujours dans les parages et qu'il allait réapparaître d'une seconde à l'autre. Le chevrier demeura silencieux comme à son habitude et réfléchit. Il ne parlait qu'à bon escient et prenait toujours le temps qu'il fallait avant de s'exprimer. Ce n'était pas qu'il était lent, mais Ténor détestait parler pour ne rien dire. Il estimait d'un point de vue général que les gens causaient trop, les trois quarts des choses qu'ils disaient étaient inutiles ou sans importance. L'austérité qui émanait de sa personne en impressionnait plus d'un. Lui ne s'en souciait guère, les hommes étaient comme ils étaient et il n'avait pas l'intention de les changer. Il s'en contentait pour ce qu'il en avait à faire, même si on le qualifiait de bourru et de taiseux. Qu'ils disent, c'était leur problème, pas le sien.

— Mouais... marmonna-t-il. Si ça les amuse...

Mativet désigna d'un coup de menton la ferme de Titi et changea de sujet.

— Ça ne me dit rien qui vaille...

D'un mouvement de la tête, imperturbable, Ténor sembla être d'accord. Les Aselmot, il ne les fréquentait pas trop et n'en pensait rien de précis. Il aurait préféré ne pas voir ce qu'il voyait, c'était indiscutable, mais qu'y pouvait-il ? Il n'était pas dans la peau de Titi. Enfin... lui n'aurait pas cédé, ça non.

— Sûr, il va nous raconter qu'il va à la déchetterie ! se scandalisa Mativet.

— Il a peur pour ses gosses... tempéra Ténor.

Mativet ronchonna entre ses dents. Ce n'était pas une excuse valable, ni pour Titi, ni pour les zadistes, ni pour la communauté. Comment Ténor pouvait-il prendre le parti des Aselmot alors qu'on connaissait son attachement à la terre ? Le chevrier avait parfois des raisonnements insaisissables, même pour Mativet qui s'attendait à ce qu'il l'agonît d'injures plutôt que de prendre sa défense.

— Il est libre de ses choix, conclut Ténor.

Il n'était pas l'heure d'engager une discussion sur les uns et les autres, leurs décisions ou leur lâcheté, non, il était l'heure de s'occuper de ses fromages qui étaient réputés dans toute la région. Pour Ténor, la réputation avait du sens et donnait une valeur supplémentaire à son travail. Il salua d'un geste l'agriculteur et s'adressa à sa chienne allongée à ses pieds.

— Allez, Dame ! On rentre.

Le Border Collie lui emboîta le pas tandis qu'il s'éloignait.

Amer, Mativet observa le chevrier qui remontait la pente d'un petit raidillon avant de prendre sur sa gauche. Ténor semblait être le seul à se foutre de l'expulsion prochaine. C'était faux, bien évidemment, mais Régis enviait presque le détachement de son ami et sa manière d'être à la fois rassurante dans sa détermination, qui était sans ambiguïté, et agaçante par la sagesse fataliste dont il faisait preuve. Il savait pourtant que chez cet homme, le feu couvait. Il ne fallait qu'une étincelle pour qu'il s'embrasât.

8

À Périgueux, dans le vaste bureau du préfet aux tempes grisonnantes et à l'allure sportive, Ronsac ouvrit un dossier. Il étala sur la table, avec une certaine fébrilité, les différents feuillets qui le composaient. Le commandant de gendarmerie, vêtu d'un uniforme impeccablement repassé, se tenait en retrait des deux hommes habillés en civils. Il n'appréciait guère ces réunions où on le considérait comme un simple exécutant aux ordres. Agacé et visiblement nerveux, Ronsac ne parvenait pas à remettre la main sur le plan IGN qu'il avait soigneusement préparé en début de semaine. Il avait dû l'oublier en mairie, mais ne se rappelait pas l'avoir consulté avant de venir, s'excusa-t-il d'emblée. Ou bien était-ce sa secrétaire qui y avait touché pour une raison quelconque et ne l'avait pas remis à sa place ? Le préfet vint à son secours ; il l'avait reçu la veille par mail et demanda via l'interphone qu'on l'imprime et le lui amène. En attendant, il avisa Ronsac et le commandant qu'il avait joint la place Beauvau pour expliquer la situation au directeur de cabinet du ministre de l'Intérieur. Celui-ci avait fait suivre l'information. *Là-haut,* lui avait-on affirmé, on appuyait officieusement l'expulsion.

— *Officieusement,* insista le préfet. Vous savez ce que cela signifie, n'est-ce pas ?

Ronsac et le commandant approuvèrent. Le maire d'un hochement de tête, et l'officier d'un rictus mal aimable. On toqua à la porte et une femme entra sans attendre. Elle posa le document en couleur et au format A1 sur le bureau du préfet et repartit aussitôt sans un mot ni un regard pour les participants à la réunion. D'un seul mouvement, les trois hommes se penchèrent sur le plan IGN et l'examinèrent en détail. Ronsac prit l'initiative. Du bout de l'index, il parcourut l'un après l'autre deux chemins d'accès sinueux indiqués en pointillés qu'il avait soulignés. Les deux menaient en plein cœur de la ZAD.

— Vous voyez ? s'enquit-il.

Le commandant se retint de lui dire qu'il n'était ni aveugle ni stupide. Des plans, il avait l'habitude d'en déchiffrer, et plus souvent que le maire qui lui était antipathique depuis qu'il le connaissait. Une aversion de principe chez ce gradé pour qui tout civil était un problème et ne pouvait entraîner que confusion et complications.

Selon les informations obtenues sur le terrain par Ronsac – qui ne cita pas ses sources – ces deux accès n'avaient pas été sécurisés par ces maudits zadistes qui lui en faisaient voir de toutes les couleurs.

— Personne ne s'en sert plus depuis des décennies et ils ne vous attendront pas par là, commandant ! s'exclama Ronsac, davantage pour se donner une contenance que par une quelconque exaltation de va-t-en-guerre.

Le gendarme resta de marbre. Rien n'était jamais certain quand il s'agissait de monter à l'assaut, et ce n'était pas le maire qui serait aux premières loges et prendrait des coups. Des ZAD, il en fleurissait un peu partout en France, la mode était la rébellion. Et avec les réseaux sociaux et cette saloperie de téléphone portable où le moindre possesseur d'un forfait se prenait pour un reporter de guerre, il devenait de plus en plus acrobatique d'escamoter les blessés et les morts à l'attention du public. Sans parler des médias, véritables vautours dans leur course à l'audimat, qui propageaient des informations anti-forces de l'ordre tous les quatre matins. La réussite d'une opération dépendait de sa préparation, et seul un militaire pouvait s'en charger. Le commandant ne faisait aucune confiance aux civils qui se défausseraient au premier éborgné.

— Et vous comptez procéder quand ? Je pense qu'il serait préférable d'attendre la réunion publique que les promoteurs m'ont demandé d'organiser, rappela Ronsac.

— Vous serez prévenu en temps et en heure, le recadra sèchement le gradé.

Le préfet mit les deux hommes en garde.

— J'attire votre attention, Messieurs. En cas de bavure, le gouvernement ne nous soutiendra pas !

La mâchoire du commandant se crispa ; il n'en attendait pas moins ! Putain de droit de réserve qui l'empêchait de dire haut et fort que les ordres venaient toujours du sommet de la pyramide. Et que ce gouvernement jusqu'au-boutiste les poussait à écraser toute rébellion. Mais que c'était lui qui serait mis au placard en cas de bavure, expression inventée pour faire plaisir au peuple. Quant au maire, après des nuits à se ronger les sangs, à se passer le film dans la tête et à craindre le pire, il refusait d'imaginer qu'il puisse y en avoir.

— Oui, pas de bavures ! Là-bas, il y a des gens du coin. Des gens qui se sont fait monter le bourrichon par des étrangers. De braves types, dans le fond. Je les connais, dit-il.

Ronsac pensait à ceux avec lesquels il était allé en classe. Il avait joué au foot avec eux, connaissait leur famille. Des liens s'étaient tissés, qu'il était impossible de dissoudre dans l'intérêt commun ou de réduire en cendres sous le fer chauffé à blanc de l'ordre et de la loi. Si l'expulsion dégénérait et s'il y avait des estropiés, ou pire – mais à ça, il n'osait y penser – il ne pourrait plus se regarder dans une glace. Ronsac se considérait comme un homme de convictions, c'était grâce à cela qu'il avait été élu, mais de cœur aussi, et c'est ce qu'il voulait qu'on retienne de son passage sur Terre.

9

À la même heure, à proximité de la ZAD, Lou Ronsac et son amie Marion dissimulèrent leurs vélos derrière une haie d'arbustes. Marion avait un an de moins que Lou, elle vivait dans une famille d'accueil avec laquelle elle était en conflit permanent. Son adolescence chaotique, une mère alcoolique, à laquelle elle avait été soustraite à l'âge de cinq ans et qu'elle ne voyait qu'un week-end tous les trimestres, et un père inconnu, lui conféraient un statut particulier au sein du lycée. Les garçons la trouvaient sympathique et n'en faisaient pas un objet de prédation. Elle n'était pas une beauté qu'on convoitait, mais plutôt une alliée à qui on pouvait se confier. Ses condisciples féminins la trouvaient plutôt bonne copine, pas du genre à leur faire de l'ombre, ce qui n'est pas une mince performance à l'âge où la compétition entre les adolescentes est rude.

— C'est par là, viens !

Lou se guidait à l'aide du plan IGN qu'elle avait subtilisé dans le dossier de son père. Du premier coup d'œil, elle avait compris l'avantage qu'elle pouvait en tirer. Ses yeux brillaient d'une fièvre à peine contenue. Pour la première fois de sa vie, l'adolescente était mue par un sentiment amoureux et se sentait littéralement portée par une force intérieure qu'elle ne cherchait ni à comprendre ni à combattre. Marion, elle, hésitait. Elle détestait la campagne, et la sensation de ses tennis s'enfonçant dans l'humus humide la convainquait qu'elle aurait dû refuser de suivre son amie. Lou s'impatienta en constatant que Marion avait ralenti l'allure au point de se retrouver dix mètres derrière elle.

— Mais qu'est-ce que tu fous ? Allez, suis-moi !

— J'sais pas… bredouilla Marion. J'suis pas sûre qu'on devrait y aller. Ils vont sûrement nous virer…

Le regard de Lou se durcit. Elle se retourna vivement vers Marion, rebroussa chemin et se planta devant elle, les mains sur les hanches dans une attitude menaçante.

— Tu vas pas me laisser tomber maintenant, bordel ! lui postillonna-t-elle au visage.

Lou la saisit par le coude et la tira sans ménagement pour l'obliger à la suivre. Elles firent quelques pas ainsi attelées, puis Lou relâcha sa prise en s'assurant que son amie restait près d'elle. Pas question de rebrousser chemin ; son cœur battait la chamade sous l'effet d'une poussée d'adrénaline. Là-bas, il y avait Vadim ! Elle l'avait vu en chair et en os à Paunac, à l'occasion de la manifestation contre le projet de zone commerciale. Un véritable coup de foudre. Debout sur un banc, il avait fait un discours pour expliquer pourquoi le projet de la mairie de bétonner des terres agricoles et d'exproprier des agriculteurs était la marque d'un capitalisme qui cherchait à vivre sans tenir compte des réalités du changement climatique. « *Tous les spécialistes affirment que l'avenir est dans les petites exploitations agricoles, et la mairie, sourde et aveugle, motivée par l'appât du gain, préfère autoriser la construction d'un énième centre commercial alors que toutes les études prouvent que la région n'en a pas besoin et que ce projet périclitera dans les cinq ans à venir…* » Ses paroles avaient été applaudies à tout rompre par les partisans de la lutte et même par des habitants de Paunac, peu habitués à manifester. Lou s'était glissée au premier rang et le dévorait des yeux. Plusieurs fois, Vadim l'avait regardée sans s'attarder, et cela l'avait fait frissonner. Elle ne pouvait penser à ce moment sans ressentir dans son ventre une vague de chaleur intense. Depuis, elle avait osé passer et repasser devant l'étal du marché qu'il tenait sans toutefois acheter quoi que ce soit, ni lui adresser la parole. Il était rarement seul. La plupart du temps, la fille Mativet servait les clients avec lui, et Lou n'arrivait pas à savoir s'ils étaient ensemble. Cette question la rongeait. Comme son incapacité à lui parler. Dans ses rêves les plus fous, elle s'imaginait fendre la foule, défier son père, le maire, et venir combattre à ses côtés. Elle imaginait Vadim la félicitant pour son courage et l'accueillant dans ses bras, contre son torse, et cette vision la transportait. Mais en y pensant sérieusement, elle savait qu'elle n'avait que dix-sept ans et pas encore tous les attributs pour faire craquer l'homme de sa vie. Ce plan était le moyen de se faire mousser, de le séduire, et pourquoi pas... *Séduire*, un mot encore trop énorme pour elle, qui résonnait dans sa tête comme un coup de tonnerre. Quelques dizaines de mètres plus loin, et sans crier gare, Lou stoppa net. Marion s'inquiéta. Que se passait-il ? Lou s'adressa à elle sans chercher à dissimuler son angoisse.

— Tu déconnes pas, hein ! Tu me fous pas la honte. On dit qu'on est majeures et qu'on veut lutter avec eux... T'as bien pigé le truc ? On est étudiantes à Bordeaux. Les Beaux-Arts.

Marion acquiesça d'un mouvement de tête. En l'entraînant avec elle, son plan IGN planqué entre la ceinture de son jean et son ventre, Lou lui avait fait la leçon au cas où on lui poserait des questions sur leurs études :

— Dans la cour de l'École des Beaux-Arts, y a la chèvre de Bacchante. C'est un marbre créé par Félix Soulès. Y a une fresque réalisée par Louis Bottée. Y a aussi un magnolia, le plus vieil arbre de Bordeaux, planté probablement au 18ᵉ siècle. C'est hyper important de le savoir, sinon, ils vont capter tout de suite qu'on n'a jamais traversé cette cour ! affirma Lou.

Marion acquiesça. Elle ne se souvenait déjà plus du nom de l'arbre. Elle détestait vraiment la campagne.

10

Les pins étaient alignés au cordeau. Cette partie de la forêt, qui avait autrefois été exploitée, gardait l'aspect géométrique traditionnel des sylvicultures qui déplaisait tant à Vadim. Il préférait la nature sauvage, l'enchevêtrement des fougères, les haies de ronces défensives, l'embrouillamini des jeunes feuillus, les chênes centenaires. C'était dans cet environnement qu'il se mouvait avec aisance, comme rassasié. Depuis la multiplication des repérages effectués par le drone, Vadim et ses amis zadistes faisaient chaque jour un tour d'inspection du secteur à la recherche d'une trace ou d'un indice qui leur permettrait de prévoir un assaut imminent des forces de l'ordre. Des bruits, d'abord lointains, mais qui se rapprochaient, les mirent en alerte. D'un geste, Vadim ordonna le silence. Les zadistes s'accroupirent en retenant leur respiration.

— Les flics ? questionna entre ses dents un jeune homme sur sa droite.

Des semelles écrasèrent des branchages, foulèrent le sol, des pas se rapprochaient. Combien étaient-ils ? Des éclaireurs ? D'un froncement de sourcils, Vadim rappela à son camarade de se taire. Tous étaient prêts à se battre et à empêcher les gendarmes de les expulser, mais que pouvaient-ils faire si l'assaut était réellement lancé ? Il aurait fallu envoyer un zadiste prévenir Régis Mativet et ceux du camp. C'était d'ailleurs ce que se préparait à faire Vadim quand les silhouettes hésitantes de Lou et de Marion apparurent à travers les arbres.

Lou reconnut Vadim dès qu'il se redressa, puis, surprise par les autres qui à leur tour se relevaient, elle eut un mouvement de recul, une retraite avortée, un écart qui faillit la faire trébucher. Marion, elle, poussa un cri de frayeur et s'immobilisa. Vadim resta sur ses gardes, se demandant qui étaient ces deux mômes perdues en pleine forêt, mais il était néanmoins soulagé de ne pas être confronté à des uniformes.

— Qu'est-ce que vous foutez là ? finit-il par dire.

Sa voix comme un coup de massue résonna dans la forêt et son écho se perdit à travers les branchages. Le silence qui s'ensuivit fut plus imposant encore. Lou avala sa salive et bafouilla des mots à peine audibles qu'elle distribua comme ils sortaient. Elles avaient quelque chose d'important à leur dire… Elles étaient étudiantes à Bordeaux… Elle ne savait plus sa leçon… Sa voix mourut.

— L'arbre… murmura Marion pour combler le silence.

Lou retrouva le fil de sa pensée et ajouta hâtivement :

— Aux Beaux-Arts…

Marion fixait ses baskets, ne sachant où mettre ses mains. Les regards qui pesaient sur elle l'enfoncèrent insensiblement dans le sol. Elle aurait aimé y disparaître entièrement, tandis que, le plan IGN en main, Lou reprenait l'initiative. Après une longue inspiration pour se donner du courage, elle s'obligea à parler calmement, cachant de son mieux son angoisse. Parler de l'expulsion à venir, de ce qu'elle en savait, des détails qu'elle pouvait livrer et surtout de ce plan qu'elle tendait à bout de bras, froissé, mais qui les aiderait à préparer leur défense. Au fur et à mesure qu'elle distillait ses arguments, le sang remontait à son visage, ses jambes la portaient davantage, son corps se dépliait, libéré de la charge émotionnelle qui l'écrasait.

— J'suis copine avec Alice, la fille de la secrétaire de mairie… mentit-elle avec un aplomb qui la rassura et un sourire franc adressé à Vadim.

Elle n'avait pas prévu de se servir d'Alice et elle pria très fort pour que Vadim ignore que la fille de Sonia Delteil n'avait que 12 ans.

Celui-ci s'empara du plan IGN en l'arrachant presque de la main qui le lui tendait. Il le survola rapidement. Un trait rouge délimitait le territoire des zadistes, certaines zones étaient hachurées et des pointillés représentaient deux chemins qui convergeaient vers le cœur de la ZAD. Lou surprit son regard et l'attention qu'il portait à la carte, plus précisément aux deux chemins dépistés.

— Vont sûrement entrer par-là, sinon pourquoi ils les auraient soulignés ? insista-t-elle, impatiente.

Le récit qu'elle leur avait servi paraissait crédible. Pourtant, Vadim voulut en savoir davantage.

— Pourquoi tu nous racontes ça ?

Il n'avait pas confiance. Il se souvenait vaguement de l'avoir vue une ou deux fois en ville. Mais peut-être la confondait-il avec une autre jeune fille. Celles qui se disaient étudiantes aux Beaux-Arts s'interrogeaient du regard. Marion, qui avait envie d'en finir et qui était des deux celle qui avait vécu le plus d'expériences difficiles, avança d'un pas.

— On veut combattre à vos côtés. Parce que votre cause… Eh ben… On y croit.

Dans la peur de se faire supplanter, Lou trouva le courage de confirmer d'une voix exaltée :

— On se battra pour la ZAD !

Son ingénuité et son enthousiasme déclenchèrent les rires des zadistes. Vadim, lui, sourit. Il avait un plan annoté, ces deux étudiantes bizarres, mais peut-être sincères, et pas de flics à l'horizon.

— Bon, suivez-nous… trancha-t-il.

11

Des toiles d'araignées constellaient la charpente d'une grange vétuste bouffée par les vrillettes. Ça sentait la poussière et le vieux foin, pensa Marion en suivant Lou qui marchait sur les pas de Vadim et de ses copains pour rejoindre la réunion du soir. Elle commençait à avoir faim et aurait donné beaucoup pour être assise dans la cuisine de sa famille d'accueil à dévorer un hachis parmentier qui tenait bien au corps. Elle regarda autour d'elle en réprimant une moue de dégoût. Des outils antédiluviens étaient suspendus à des clous rouillés ou abandonnés sur la terre battue. Dans un coin, un vieux soc empêtré dans un lacis de cordes de chanvre et de ficelles à roundballers. D'un geste de la main, Vadim leur indiqua qu'elles pouvaient suivre les débats parmi la trentaine de personnes rassemblées en arc de cercle face à une petite estrade faite de palettes de bois. Alors que Marion tentait de se faufiler vers le fond de la grange, Lou la retint par le poignet, cherchant à rester proche de Vadim. Une jeune femme de 25 ans environ monta sur l'estrade et prit la parole. Ses cheveux tirés en arrière dévoilaient un grand front bombé. Le reste de son visage était dissimulé par de larges lunettes de vue. C'était Anita. Marion le comprit lors de la discussion. Anita fut bientôt rejointe par Oscar. Petit et fluet, aux lunettes cerclées de métal et déjà chauve malgré son âge. Alors qu'Anita informait les zadistes que, via les réseaux sociaux, ils avaient lancé une campagne de recrutement afin de renforcer leurs rangs, Oscar hochait la tête comme pour confirmer ses dires avant de prendre la parole pour assurer que les premières demandes leur parvenaient en nombre et que c'était plutôt bon signe. Leurs revendications trouvaient un écho favorable bien au-delà du département. Anita l'interrompit pour rappeler d'un ton vindicatif que le service Communication et Média – dont ils étaient apparemment les seuls membres – manquait de volontaires. Un silence embarrassé s'abattit dans l'assemblée. Oscar soupira que c'était à chaque fois la même chose, que la lutte passait également par l'actualisation journalière du site de la ZAD, et qu'à deux, ils ne pouvaient pas assurer une communication efficace. Régis Mativet ne lui laissa pas le temps de poursuivre :

— Pas de touristes ! On a pas besoin de curieux et d'incompétents… ni de gens à qui on doit tout expliquer.

Certain que ce n'était plus qu'une question de jours, Mativet voulait des militants déjà formés à la désobéissance.

— Et non violents. Il ne s'agit pas de faire de notre combat une zone de guerre. Ce serait contre-productif d'offrir aux autorités l'occasion de nous discréditer, ajouta l'agriculteur.

— Stratégiquement nul comme réflexion ! À force de mettre la barre si haut, on se coupe de camarades dont on pourrait avoir besoin. De toute façon, les flics vont pas débouler quand on les attend ! Ils sont pas si cons !

Mativet tourna la tête vers la jeune femme qui venait de prononcer ces paroles d'une voix assurée et autoritaire. C'était Anne-So, le corps perdu dans un saroual vert pâle et une chemise d'homme aux manches retroussées qui laissaient apparaître des avant-bras noueux et des mains solides. Le genre de personne physique et psychorigide pour qui le monde se composait de deux parties : ceux qui pensaient comme elle et les autres. Seule fille d'une fratrie de cinq garçons, elle avait appris à se défendre et à se faire respecter dès son plus jeune âge. Elle était l'un des piliers de la ZAD depuis les toutes premières semaines de l'occupation des terres. Et si Mativet avait du mal à la supporter, ce n'était pas parce qu'elle avait l'habitude de le contredire, mais parce qu'elle était végan.

— Alors le drone, c'est pour quoi ? Cueillir les poireaux ? l'interpella Béa.

Anne-So sourit et laissa courir. Elle et Béa ne s'entendaient pas toujours et s'affrontaient souvent dans des joutes verbales, mais elles s'aimaient bien et finissaient par se réconcilier.

— Tous les recours n'ont pas été examinés par le tribunal, intervint Marie Aselmot, l'épouse de Titi. Le passage en force serait très mal vu par une partie de la population. L'expulsion, j'y crois pas. Du moins pas pour tout de suite…

Régis Mativet se rembrunit. Il avait encore à l'esprit l'image de Titi et de son frère chargeant la remorque devant leur ferme.

— Si tu crois pas à l'expulsion, pourquoi toi et ta famille vous déménagez comme des rats ? Et puis, il est où Titi ? Il se cache ? Il a honte ? lui reprocha-t-il sous le regard désolé de Béa, sa fille, qui n'aimait pas quand il s'emportait, sachant que lui-même ne tarderait pas à le regretter et à s'en vouloir.

Marie garda la tête haute malgré son malaise. Tous les yeux étaient braqués sur elle, dans l'attente de sa réponse. Félix, son fils de 4 ans, lâcha la main de sa grande sœur pour se coller à ses jambes.

Anita et Oscar, que tous avaient oubliés, descendirent de l'estrade et disparurent derrière des camarades.

— Je ne suis pas un lâche !

Titi Aselmot débaula, taureau jeté dans l'arène, le visage empourpré par l'indignation et les poings serrés. Il était là et il trouvait Mativet odieux de s'attaquer à Marie devant ses enfants. Quelle honte ! Et oui, c'était exact, il ne croyait plus à la lutte, la trouvait vaine et sans avenir, le pot de terre contre le pot de fer. Il ne croyait plus, il l'avouait, à son métier de maraîcher pour lequel il s'était battu, travaillant sans relâche depuis des années. Personne ne pouvait dire le contraire ! Mais c'était fini, de l'histoire ancienne, basta, il faisait partie du passé et la ZAD n'était

33

qu'un épiphénomène qui n'aboutirait à rien, les forces en présence étaient trop disproportionnées. Alors, oui, il s'en allait, et ce n'était pas de gaieté de cœur, ils pouvaient en être sûrs. Quelqu'un ici oserait-il le lui reprocher ? Il n'était pas le premier et ne serait pas le dernier. Il avait accepté le chèque d'expropriation de sa ferme, et alors ? Il pensait à l'avenir de sa femme et de ses enfants, quel mal y avait-il à prendre soin des siens ?

— Vous devriez tous en faire autant. Prendre l'argent et refaire votre vie...

Lui voulait en démarrer une nouvelle, loin de tous les soucis qui, ces derniers mois, l'avaient détruit, loin des attentes vaines, des luttes stériles et des pressions subies. Titi n'avait peut-être pas les épaules assez larges pour ça, mais il n'était pas pire qu'un autre et il n'avait pas la vocation d'un martyr...

— Mais ce n'est pas parce que je pars que je ne suis pas fier de ce que nous avons vécu tous ensemble !

Des larmes lui montèrent aux yeux qu'il essuya d'un revers de poignet. Une boule dans la gorge l'empêcha d'en dire davantage. De toute façon, il n'avait rien à ajouter, tout avait été dit : Titi se sentait au bout de son histoire, il était grand temps de tirer sa révérence. Un brouhaha accompagna la fin de son intervention et Mativet leva un bras pour obtenir le silence et être entendu. Il n'en avait pas fini avec Titi Aselmot, et il dirait ce qu'il pensait, même si Béa lui faisait les gros yeux.

— Tu désertes alors qu'une grande partie de la population soutient notre combat. Le fruit de notre travail et de notre mode de vie ! Comment appelles-tu ça ? Moi je dis que c'est de la trahison pure et simple !

Lou ne perdait pas une miette des échanges. Elle lançait de fréquents regards vers Vadim, ne comprenant pas son silence. Elle croyait qu'il était le boss, ici.

Des voix s'élevèrent par-dessus le brouhaha. Certains fustigèrent Titi, allant même jusqu'à le huer. D'autres appelaient à l'apaisement et à la bienveillance.

— Moi, je comprends qu'il se barre d'ici, murmura Marion à l'oreille de Lou. On devrait faire pareil…

Lou la repoussa d'un geste de la main. Vadim venait de faire quelques pas pour se mettre au milieu de l'arc de cercle. Lou le regardait, béate. Il leva un bras, obtint le silence :

— La ZAD, ce n'est pas une prison. Chacun est libre d'en sortir ! Même si on est une des familles fondatrices de la lutte. J'espère que vous trouverez ce que vous espérez et que vous nous donnerez des nouvelles. Parce que ça, c'est presque une obligation !

Titi, ému, s'avança vers lui et lui donna l'accolade, bientôt rejoint par Marie qui embrassa Vadim sur les deux joues. Puis le couple se dirigea vers la porte de la grange sans un regard pour les autres. Mativet ne broncha pas, même s'il appréciait moyennement de recevoir une leçon d'un gamin comme Vadim. Il aurait aimé être aussi utopiste et large d'esprit que lui, c'était toujours plus réconfortant et glorieux, mais il était un temps où le principe de réalité s'imposait. Vadim apprendrait avec l'âge que parfois, l'esprit de tolérance et de partage entrait en contradiction avec ses objectifs. Il observa malgré tout avec tristesse les Aselmot quitter la grange. Lou, transportée par la scène, aurait voulu que tous applaudissent son héros. Elle ne comprenait pas les enjeux et le fin mot de l'histoire, mais ce qu'elle voyait lui suffisait. Elle jubilait aussi d'avoir été acceptée parmi les zadistes, même si on l'avait prévenue qu'elle était à l'essai et qu'au moindre faux pas, ils la reconduiraient vers la sortie. Marion, elle, se retenait de ne pas courir derrière Titi et Marie pour qu'ils la raccompagnent chez elle. Il faisait nuit noire et elle se sentait incapable de rentrer à vélo. Les jeunes enfants Aselmot, Lucie et Félix, ne savaient que faire. Lucie rattrapa la main de son frère. Ils étaient tristes d'abandonner leur ferme, leurs jeux et leurs habitudes. La seule vie qu'ils connaissaient. Après un court instant, ils emboîtèrent le pas de leurs parents.

12

Le salon était exigu, étouffé par un mobilier qui en disait long sur l'unique loisir des occupants : un canapé et deux fauteuils tournés vers un home cinéma. Une odeur de propreté ammoniaquée empestait l'atmosphère. Lydie Ronsac se força à ne pas porter le dos de sa main à son nez pour inspirer un peu de son parfum. Elle ne voulait pas vexer madame Aubert qui, les fesses posées sur l'accoudoir du canapé, ne la quittait pas du regard. À chaque instant, Lydie craignait de la voir basculer d'un côté ou d'un autre, tant son corps était imposant et lourd.

— Réfléchissez ! Vous devez bien savoir quelque chose qui nous échappe... insista Vincent Ronsac qui était resté debout, obligeant monsieur Aubert à faire de même.

Les deux hommes, coincés entre un fauteuil et le meuble télé, ne se regardaient pas. Monsieur Aubert, ouvrier magasinier, longiligne et osseux, le visage anguleux, triturait ses mains calleuses. Un tic déformait ses lèvres comme s'il ne cessait de mâchouiller un chewing-gum imaginaire. Madame Aubert hocha la tête de gauche à droite. Non, elle ne voyait pas où Marion avait pu aller et, à la vérité, et bien qu'il fût 22 heures passées, elle ne semblait pas s'en émouvoir.

— La seule nouveauté à mettre à son actif, c'est qu'elle fugue avec une copine. D'habitude, elle n'a besoin de personne pour lui monter la tête !

Madame Aubert gratifia les Ronsac d'un sourire grimaçant qui contraria Lydie.

— Nous ne croyons pas du tout à une fugue ! Lou est une adolescente...

Lydie s'interrompit à la recherche de l'adjectif qui qualifierait le mieux sa fille.

— … tout à fait normale !

Vincent acquiesça.

— Oui, et très bien dans sa peau. Si l'une a entraîné l'autre, je suis désolé de vous le dire, et n'y voyez aucune attaque personnelle, c'est forcément Marion. Avec son parcours… enchaîna le maire.

Sentant son mari s'empêtrer, Lydie se leva de ce fauteuil trop bas dont le dos lui cisaillait les reins et poursuivit :

— J'avoue que si j'avais su que Marion avait déjà fugué, j'aurais eu une discussion sérieuse avec ma fille. Je l'ai toujours reçue avec plaisir, mais il y a un moment où les bons sentiments, ça suffit !

Monsieur Aubert rougit, comme s'il était coupable d'une négligence, tandis que madame serra les dents et fusilla Lydie du regard. Entre les deux femmes, l'air s'électrisa soudain.

Ronsac posa une main apaisante sur l'épaule de Lydie afin d'étouffer le brasier en passe de s'allumer.

— Ma femme est très inquiète… sourit-il tristement à madame Aubert pour l'amadouer. Vous auriez une photo de Marion à nous donner ?

Madame Aubert, qui avait raté le coche de remettre Lydie à sa place, ne bougea pas. Son mari piétinait le carrelage en mastiquant de plus belle.

— Ben quoi ? T'as bien quelque chose à donner à Monsieur le Maire ? s'agaça-t-il.

Tout était dit. Il ne s'agissait pas pour lui de retrouver des adolescentes qui ne tarderaient pas à rentrer, mais à obéir à l'élu qu'il n'avait pas les moyens de se mettre à dos : il n'avait pas encore déposé la demande de permis de construire de son abri jardin alors qu'il ne lui restait que la toiture à poser.

Les mains calées à plat sur ses larges cuisses, madame Aubert se redressa sur ses Crocs roses et quitta la pièce en marmonnant qu'elle avait peut-être ça dans un dossier.

Un silence pesant s'abattit sur le salon. Vincent Ronsac triturait son trousseau de clés, la main dans la poche de son pantalon. Les yeux de Lydie cherchaient où se poser entre les tableaux de mer déchaînée et ceux de barques échouées.

— Vous êtes breton ? demanda-t-elle soudain.

Le visage de monsieur Aubert s'éclaira d'un sourire juvénile.

— Quimperlé ! Finistère... ajouta-t-il.

Lydie et Vincent, qui avaient très peu voyagé en France, hochèrent la tête avec admiration.

— Ah... Les crêpes... s'extasia Vincent.

Les Ronsac sortirent de chez les Aubert avec l'impression d'avoir perdu leur temps. Madame Aubert ne leur avait consenti qu'une photocopie de mauvaise qualité de la carte d'identité de Marion, en prenant soin toutefois de la découper pour ne donner que le rectangle grisâtre de la photo. L'au revoir avait été des plus frais et la porte d'entrée avait claqué derrière eux pareille à une gifle.

— Je plains Marion... Quelle famille antipathique ! Pour une jeune fille, ça ne doit pas être drôle tous les jours, commenta Lydie en se portant à la hauteur de son mari.

Ronsac n'avait pas le temps de s'apitoyer. L'entrevue l'avait contrarié, d'abord parce qu'elle n'avait abouti à rien de tangible, ensuite, parce qu'il avait le sentiment qu'elle n'aurait jamais dû avoir lieu. Il lui fallait un bouc émissaire pour décharger sa colère et, comme souvent, Lydie servit de fusible.

— Tu pouvais pas surveiller ta fille ?

Lydie se décomposa, mais ne répondit rien. Elle savait qu'il était inutile de répliquer. Pourtant, dans la voiture, en rentrant chez eux, elle ne put contenir une crise de larmes. Elle hoqueta longtemps avant que Vincent ne passe un bras autour de ses épaules. Il conduisit un temps d'une main sans rien dire et finit par s'arrêter sur le bas-côté. Il coupa le moteur et regarda droit devant lui durant un long moment. Il se sentait mal à l'aise, comme à chaque fois qu'il s'en prenait à Lydie. Il aimait sa femme... ou peut-être n'aimait-il que ce qu'elle avait représenté autrefois pour lui ? Il n'aurait su expliquer ses sentiments et les raisons pour lesquelles il la traitait parfois si durement. Il s'en voulait et, sans regarder Lydie, s'excusa de son emportement, les yeux toujours braqués sur la ligne d'horizon. Il prit sa main dans la sienne et la serra, puis il jura qu'il retrouverait Lou et Marion.

— Tu me crois ? demanda-t-il.

— Bien sûr, répondit Lydie dans un reniflement. Excuse-moi, je suis à cran.

Ronsac redémarra la voiture. Il embraya, accéléra, et les roues patinèrent sur l'herbe humide du bas-côté.

13

Dans un bâtiment de ferme désertée, les zadistes avaient provisoirement installé Marion et Lou. Si le confort était spartiate, l'ambiance, elle, n'était pas mauvaise. Les deux filles se passaient à tour de rôle un joint en compagnie de Billy, un musicien d'une trentaine d'années originaire de Londres. Billy parlait un français très correct, métissé d'un accent cockney qui pimentait son phrasé. Vêtu d'une saharienne et d'un pantalon informe, la blondeur naturelle de sa chevelure et son teint propret détonnaient avec son allure débraillée, qui n'était qu'un genre parmi les nombreux que Billy avait adoptés tout au long de sa courte vie. Troisième et dernier rejeton d'une famille aisée, il avait mis un point d'honneur à se démarquer de ses deux frères, dont l'un était trader à la City, et l'autre, agent immobilier à Chelsea. Autant dire qu'il était le canard boiteux – pour ne pas dire foireux – de la dynastie et avait rompu tous liens avec son père d'abord, puis sa mère ensuite, pour se réfugier en France dans diverses communautés, squattant ici ou s'incrustant là. Aujourd'hui, sa fibre écolo l'avait conduit à Paunac, dans cette ZAD où il s'était fait une place au soleil des idéaux de ses occupants. Entre deux taffes, Billy enchaînait les airs sur sa guitare, de *Smoke on the water* à *Redemption song* en passant par *Hotel California*, de vieux tubes qu'il agrémentait d'impros interminables. L'esprit embrumé, les filles riaient bêtement à la moindre vanne en se renversant en arrière sur le matelas, les bras en croix avant de se redresser et de repartir de plus belle. Marion, désinhibée, se sentait maintenant beaucoup mieux. Elle tirait sur le joint et gardait le plus longtemps possible la fumée dans ses poumons avant de la recracher par le nez en longues volutes opalescentes.

Elle s'étrangla de rire en imaginant dans quel état devaient se trouver les Aubert et voulut expliquer à Billy comment se passait la vie chez eux. Mais Lou ne lui laissait aucun espace et interrogeait Billy au sujet de Vadim. D'où venait-il ? Est-ce qu'il sortait avec Béa ? Qu'aimait-il ? Depuis combien de temps était-il là ? Elle insistait pesamment, alanguie par les effets de l'herbe qui effilochaient ses questions dans le sucre mou de sa conscience cotonneuse. Billy ne se privait pas de la titiller, sans méchanceté, amusé par son obsession.

— Waouh… Tu veux savoir tout ce genre de choses… Mais t'es bien sûre que t'es pas dans la police ? s'amusa-t-il à la provoquer.

Lou haussa les épaules.

— *Fuck the police* ! lança-t-elle, ce qui déclencha un fou rire chez Marion.

— Ouais, là, on est tous d'accord… Alors Vadim…

Il tira sur la fin du joint jusqu'à ce qu'il ne reste que le carton et hocha la tête…

— Des études de philosophie, je crois… À Bordeaux… *My god* ! La philo… Et Béa…

Il se tut, à sec, raide d'avoir trop fumé, sa guitare sur ses genoux lui servant de reposoir pour ses coudes. Il but une gorgée de bière pour s'éclaircir les idées, tenta quelques accords sur son instrument qui lui sembla se dilater à la manière des montres molles de Salvador Dali.

Quand il releva la tête, Lou et Marion s'étaient endormies en boule sur le matelas.

14

Lou me tuerait si elle me voyait fouiller dans ses affaires. Mais il doit bien y avoir quelque part un indice, une lettre, une photo pour m'expliquer... Plus les heures passent, plus je pense qu'on se trompe. Ça arrive tous les jours que des jeunes filles fassent de mauvaises rencontres. Le monde est rempli de malades. Vincent est enfin allé voir les gendarmes. Je veux qu'ils aillent perquisitionner chez tous ces types fichés pour pédophilie. Vincent dit qu'il n'y en a plus à Paunac. Le salaud qui avait fait de la prison à Périgueux est mort il y a plusieurs mois. Il avait violé ses deux petites voisines. Pour sa défense, il a juré qu'il n'avait jamais touché à ses enfants : «La famille, c'est sacré!» il a dit aux gendarmes pendant sa garde à vue. C'est à vomir. Je n'arrête pas d'imaginer Lou arrêtée au bord de la route, peut-être que son vélo a crevé. Ou celui de Marion. Un type a pu s'arrêter pour leur proposer de l'aide. Il suffit d'une camionnette. Comme dans le Silence des agneaux. *C'est un film terrifiant. Quand on est allés le voir au cinéma, on était toute une bande. On avait juste l'âge. J'en ai pas dormi pendant des nuits. Les Aubert ont convaincu Vincent que Lou avait fugué. Mais elle n'a rien emporté, toutes ses affaires sont là. Si je devais partir de la maison, je me préparerais un sac de voyage avec mes vêtements préférés. Et je n'oublierais pas mes culottes. Elle n'a pas emporté son ensemble blanc, celui qu'elle adore et que je lui ai offert à Noël. Son premier soutien-gorge à balconnet. J'étais vraiment émue quand elle l'a essayé. Elle avait l'air d'une jeune femme. Je suis soulagée qu'elle ne le porte pas. Si elles sont tombées sur un pervers, je ne veux pas qu'il la voie ainsi. Voilà, il est là. Elle l'a changé de cachette. Son journal intime. Bien planqué dans le tiroir des sous-vêtements. Cela fait longtemps que je ne l'ai pas lu. Je ne savais même pas qu'elle le tenait encore... C'est fou comme cet âge est prévisible. Ce sont ses mots, mais ça aurait pu être les miens il y a quelques décennies. Ses parents qui la font chier. C'était quel jour ? Tiens, je ne me souviens pas qu'il y ait eu une dispute ce dimanche-là… Être autonome… Ma chérie, bien sûr que tu as envie de devenir autonome, ce n'est pas la peine de le souligner en rouge. On a tous eu envie de ça à ton âge. Mon bébé, pourquoi tu ne te confies plus à moi ? Je pourrais comprendre. Tout comprendre. Je te le jure. Et je jure que si on te retrouve saine et sauve, j'arrêterai mes bêtises. Quand je pense qu'à l'heure où tu aurais dû être à la médiathèque pour préparer ton exposé, moi, j'étais… J'ai honte. Terriblement honte. Je ne le ferai plus. Comment j'en suis arrivée là ?*

En tournant une page du journal, je fais tomber des papiers. Des coupures de presse pliées en deux. Avant de les ramasser, j'ai soudain l'intuition de ce que je vais trouver. Comme une petite alarme qui s'enclenche dans mon cerveau. Pourquoi n'y ai-je pas pensé tout de suite ? Mes doigts impatients glissent sur le papier journal de mauvaise qualité. Je souris, soulagée. C'est lui, le fameux Vadim, photographié lors d'une manifestation à Paunac. Ma grand-mère fantasmait sur Errol Flynn, ma mère sur Julio Eglesias, moi sur Léonardo DiCaprio, mon bébé rêve de Vadim, le terrible zadiste que Vincent déteste. Lou a griffonné un cœur à l'encre rouge. Si Lou est partie de son plein gré, c'est là qu'elle est. J'en rirais presque. C'est aussi romantique qu'embarrassant.

— C'est moi !

Je me dépêche de glisser les coupures de presse dans la poche de mon pantalon et rejoins Vincent dans le salon. Je ne peux pas lui dire. Ma Lou, j'espère que tu ne fais pas de bêtises. Demain, j'irai te chercher et on ne lui dira rien. Ça restera notre secret à toutes les deux.

— On a sillonné toute la ville avec les gendarmes… Rien… Ils m'ont aidé à mettre les affiches partout… Dans quelques heures, tout le monde saura que ma fille a disparu…

Et Vincent se laisse tomber sur le canapé. En larmes. J'espère que je ne me trompe pas…

15

Le lendemain, les habitants purent constater le travail nocturne du maire et des forces de l'ordre : les visages des deux
jeunes filles disparues – celui de Marion en noir et blanc tiré de
sa carte d'identité et celui de Lou en couleur – avaient été pla-
cardés, avec un numéro de téléphone à joindre.

Martine Tchakarov, la boulangère, chargeait l'arrière de sa
voiture de grands sacs de pain frais et de viennoiseries qu'elle
livrait dans les hameaux des environs. Elle avait trouvé les affiches glissées sous sa porte et en avait scotché une à côté de la
caisse, une sur la vitrine et l'autre sur la lunette arrière de son
Kangoo. Depuis le décès de son époux d'un cancer foudroyant
dix ans auparavant, elle avait embauché un boulanger. Certains
avaient suspecté une idylle entre eux, mais sans fondement aucun. Martine était du genre boulot boulot. Elle ouvrait déjà la
porte-conducteur quand un client sortit de la boulangerie, un
vieux pas commode qui l'interpella et se plaignit d'une affiche
pro-zadiste dans sa vitrine côtoyant celle des filles disparues.

— Je ne comprends pas pourquoi vous soutenez ce tas de
gauchistes dégénérés ! lâcha-t-il, une moue de dégoût illustrant
son propos.

Le client habitait sur un terrain mitoyen de la ZAD, une ancienne ferme restaurée non expropriable, et ne pouvait plus rien
laisser traîner dehors, prétendait-il. Pires que des gitans ! Si ça
continuait, il allait sortir son fusil et faire un carton. À bon en-
tendeur, salut…

Désignant le visage des adolescentes scotché sur la vitrine, il
ajouta avec le petit sourire en coin de celui qui était dans le secret des dieux :

— Je ne serais pas étonné d'apprendre qu'ils les ont enlevées pour les violer, ces mômes ! Ça partouze à tout va, là-bas ! C'est moi qui vous le dis…

Martine n'aimait pas qu'on la prenne à rebrousse-poil et préférait perdre un client que d'entendre ce genre de propos.

— Quand les commerces du centre-ville seront fermés et quand vous serez obligé de manger du pain industriel parce que tous les petits commerçants auront disparu, alors on en reparlera, des zadistes ! Si vous venez chez moi pour cracher votre venin, je vous conseille de changer de crèmerie…

Le vieux recula d'un pas.

16

Quand Ronsac se réveilla, il fut d'abord surpris de s'être endormi. La mauvaise conscience le fit se redresser d'un bond. Sa chemise lui collait au dos. Il ne l'avait pas ôtée au cas où il recevrait un appel urgent. La couette s'était enroulée autour de ses pieds. Il agita les jambes pour s'en débarrasser. Il saisit son portable glissé sous l'oreiller : 8 h 38 ! Il consulta fébrilement ses mails, ses SMS, son journal d'appels. Rien que la longue suite du numéro de Lou qu'il avait appelé sans discontinuer jusqu'à 4 heures du matin. Boîte vocale. Boîte vocale. Boîte vocale. Il avait d'abord laissé des messages agacés, puis de plus en plus vindicatifs, jusqu'à ce que, vers 23 h, de retour de chez les Aubert, sa voix se fasse suppliante. Il aurait tout donné, tout accepté pour que sa fille rentre à la maison et que ce cauchemar cesse.

Lydie ne semblait pas s'être allongée à ses côtés. Le drap et l'oreiller ne portaient pas la trace de son corps. Paniqué à l'idée qu'elle ait pu faire une bêtise, il quitta rapidement la chambre, pieds nus et en caleçon.

Vincent trouva sa femme dans la cuisine en train de lui préparer un plateau de petit-déjeuner. Elle portait un jean et un pull à col roulé qui mettait en valeur ses cheveux remontés à l'aide d'une pince. Malgré les cernes qui trahissaient le manque de sommeil, ses yeux avaient repris leur taille normale. Cela faisait des heures qu'elle n'avait pas pleuré. Le courage dont Lydie faisait preuve força son admiration. S'il avait été reposé, il aurait pu s'interroger sur le comportement de sa compagne. Et s'il avait été honnête avec lui-même, il aurait dû se demander depuis longtemps si la Lydie d'aujourd'hui était celle d'il y avait ne serait-ce qu'un an. S'il la connaissait toujours ? S'il savait ce qu'elle faisait de ses journées ? Mais Vincent n'avait d'intérêt que pour sa commune qu'il voulait prospère et attractive. Prospère, Lydie l'était grâce à lui. Attractive, elle l'avait été, et parfois, il trouvait qu'elle l'était toujours. Surtout quand ils sortaient ensemble et qu'il surprenait le regard des hommes sur elle.

— Tu n'as pas réussi à dormir ? s'inquiéta-t-il, honteux qu'il n'en fût pas de même pour lui.

Lydie grimaça et poussa le plateau déjà prêt devant lui.

— J'allais te réveiller. J'imagine que tu dois quand même aller travailler...

Vincent réalisa qu'il mourait de faim. La veille, ils n'avaient pas dîné.

— J'ai encore essayé de la joindre... Je ne comprends pas... dit-il avant d'engloutir la biscotte sur laquelle Lydie avait étalé de la gelée de framboises. Il sentit les petits grains craquer sous ses dents.

— Écoute, je vais attendre ici et je te tiendrai au courant. On va bien finir par avoir des nouvelles. Elles sont deux. Ça ne peut pas être aussi dramatique que ça !

Le comportement de sa femme lui fit soudainement peur. Comme une première étape avant de sombrer dans la folie. Un déni qui lui rappela sa propre mère face à l'état de santé de son père. Elle n'avait jamais voulu croire que ses essoufflements annonçaient un cœur affaibli. Jusqu'au jour où il s'était affalé la tête dans son assiette, victime d'une crise cardiaque. Vincent avait 15 ans. Sa mère était devenue aphasique durant deux ans.

Il termina son petit-déjeuner en vitesse, puis fila sous la douche. Il ignorait que Lydie consultait l'heure toutes les minutes et s'impatientait en silence. En sortant de la salle de bains, Vincent l'entendit refaire le lit. Des gestes rapides et nerveux. Une fois prêt, il ne se résolut pas à quitter la maison. Il s'installa sur le canapé du salon et commença à téléphoner pour régler les affaires courantes. Lydie passait et repassait devant lui, ne sachant plus comment s'occuper, le haïssant de contrecarrer ses plans.

17

Une dizaine de zadistes, dont Vadim, Béa, Anne-So, Katia – infirmière de Paunac et sympathisante – ainsi qu'Hugo Ténor, Sam – un proche de Vadim, venu de Bordeaux en même temps que lui – et Billy, renforçaient une barricade à l'entrée de la ZAD. Ils avaient glissé de gros piquets en bois dans de vieux pneus empilés les uns sur les autres et entassaient des palettes et des sacs de sable de telle façon que le tout barrait dans sa largeur l'accès principal de la ZAD. Seul le portail qui permettait le passage d'une voiture restait accessible, mais verrouillé nuit et jour.

Plus loin, sous un auvent, Lou et Marion triaient des vêtements, les pliaient et les rangeaient par taille sur une large planche posée sur des tréteaux. Cette corvée avait été imposée par Vadim qui avait haussé le ton pour se faire comprendre de Lou. La jeune fille y mettait tant de mauvaise volonté qu'elle balançait le linge n'importe comment, sans se soucier des consignes, obligeant Marion à repasser derrière elle. Exaspérée, Lou repoussa la pile d'habits devant elle et s'accroupit. Ses coudes sur ses cuisses et son menton dans la conque de ses mains ouvertes, elle rumina quelques instants avant d'être submergée par sa mauvaise humeur.

— Et merde ! J'suis pas venue ici pour faire le linge ! Font chier !

Elle se releva d'un bond et planta Marion sur place, ne lui accordant pas un regard. Non, elle n'était pas de celles qu'on commandait et n'était sûrement pas venue à la ZAD pour être reléguée à des tâches subalternes. Outre l'imbécilité du travail qu'on lui demandait, il y avait surtout Vadim qui ne semblait pas la prendre au sérieux. Elle avait surpris des conversations entre lui et Béa qui ne laissaient pas de doute sur ce qu'il pensait d'elle. Vadim l'appelait *la gamine* ou encore *l'excitée*, tandis que Béa lui conseillait de se débarrasser des deux étudiantes au motif qu'elles étaient davantage un poids qu'un soutien pour la communauté. La ZAD n'était pas un camp de vacances pour jeunes filles en fleur, avait-elle insinué sur un ton déplaisant. Lou n'était pas dupe des sous-entendus de Béa qui, estimait-elle, la visaient directement. Dès les premières minutes, elle avait pressenti que Béa était une adversaire en puissance et qu'elle devait s'en méfier.

Lou se dirigea d'un pas décidé vers le groupe œuvrant sur les barricades.

Dans son dos, le tracteur conduit par Régis Mativet dévala rapidement une sente qui longeait des bois et, sans ralentir son allure, passa devant elle pour s'arrêter devant le portail. L'agriculteur descendit lourdement de son engin et se dirigea, poings serrés, vers Billy. Il se planta devant lui, le visage rougi par la colère :

— J'ai trouvé ta petite serre planquée dans mon bois, enfoiré ! Tu vas m'arracher cette saloperie tout de suite !

Les bras encombrés de deux sacs de sable, Billy le regarda, bouche bée. Il n'était pas certain de comprendre ce que lui criait l'agriculteur avec cette façon de rouler les *R* et de manger une syllabe sur deux. Autour d'eux, le travail s'était arrêté. Billy reposa les sacs à terre.

— Hey, man, c'est quoi, ton problème ? demanda-t-il.

Mativet l'attrapa par le col de sa veste et l'attira violemment à lui.

Aussitôt, Béa, Vadim et Sam accoururent pour séparer les deux hommes. Mais ils eurent du mal à empoigner Mativet qui soulevait Billy de terre et le secouait. Béa haussa le ton et son père lâcha enfin Billy dont le visage était devenu cramoisi.

— Régis, faut vous calmer, le cannabis, c'est rien ! Tout le monde en fume ! s'écria Sam.

Mativet lui lança un regard furibond.

— Je ne fais pas partie de ce monde-là ! C'est une vraie saloperie, ce truc ! ajouta-t-il en remettant sa chemise dans son pantalon.

Anne-So, en bonne végan, alla dans son sens, considérant que la drogue était une aliénation et qu'il ne fallait pas se créer de dépendances supplémentaires à celles que nous imposait insidieusement la société.

— On est suffisamment dominés comme ça pour s'entraver l'esprit avec une camisole chimique, fût-elle naturelle, poursuivit-elle doctement.

— Oh, ça va, ton discours de merde ! l'envoya paître Sam.

Vadim, impatient de reprendre l'aménagement de la barricade, poussa un cri pour interrompre la joute orale. Quand il obtint un silence surpris, il s'adressa à Billy qui faisait profil bas et tentait de se faire oublier :

— On vit ensemble, mec, tu t'en es rendu compte, non ? Alors, le moins qu'on puisse faire, c'est de se respecter les uns les autres ! Et voilà que t'en profites pour planter de la weed et te faire un peu de pognon en installant ta petite entreprise en plein milieu d'un bois qui appartient à Régis…

— Tu m'en aurais parlé, je t'aurais dit de ne pas le faire ! intervint Béa.

Elle détestait les situations qui l'obligeaient à gérer simultanément ses sentiments filiaux et l'attachement qu'elle ressentait pour ses camarades de lutte.

Billy, face aux reproches qui fusaient, choisit la solution la plus facile, mais également la plus horripilante : se taire. Vadim prit sur lui pour ne pas le secouer. Le mutisme de son pote le mettait mal à l'aise et le poussa à poursuivre :

51

— T'enfreins pas les règles de la vie commune en mettant en danger les gens pour qui on lutte ? Question que nous sommes en droit de nous poser : es-tu à ta place ? Je propose qu'on réfléchisse tous à ça, et après, on décidera ensemble si tu restes ou pas...

Billy baissa la tête et fixa la pointe de ses rangers, complètement sonné. Quand il la releva, il plaida son ignorance, il ne pensait pas que ça poserait un problème et se dit désolé de ne pas avoir pris toute la mesure de son petit trafic.

— *I'm so sorry, I didn't mean any harm...*

Billy en perdait son français, ce qui détendit l'atmosphère et en fit sourire certains. Régis Mativet, lui, le considérait toujours d'un air mauvais. Lou s'était approchée du groupe et, en adoration devant Vadim, suivait l'altercation. Tandis que Billy regagnait sa yourte pour prendre une bêche afin d'arracher sa plantation, Mativet posa une main sur l'épaule de Vadim.

— J'ai apprécié ce que tu as dit ! Et je pense que Billy a compris aussi. Ça m'étonnerait qu'il recommence !

Vadim acquiesça d'un hochement de tête. Il avait beaucoup de sympathie pour l'agriculteur et ressentait inconsciemment le besoin d'être validé en tant qu'adulte par un autre adulte. Élevé par un père dominateur et exigeant, il n'avait jamais été, durant son enfance, félicité. Il allait confier son soulagement – il appréciait Billy – quand la boulangère klaxonna à deux reprises pour annoncer sa venue. La ZAD était organisée en autogestion. Les cultures maraîchères et les élevages suffisaient à nourrir tout le monde. Le surplus était vendu sur le marché de Paunac où, à tour de rôle, les habitants de la ZAD – les plus jeunes en général, parce qu'ils se sentaient à l'aise avec ce mode de fonctionnement – allaient faire de la récup sur les étals en demandant les invendus de denrées périssables. C'est comme ça que le mercredi, on trouvait sur la ZAD, à l'heure du déjeuner, un menu disparate composé de portions de couscous, de paëlla, de quelques nems et de fruits gâtés offerts par les commerçants en guise de soutien à la cause. Au début de l'occupation, Martine Tchakarov gardait pour Béa les viennoiseries du matin et les pains qui lui restaient sur les bras. Mais très vite, elle réalisa que le combat des agriculteurs était aussi le sien et elle décida de leur livrer gratuitement et quotidiennement du pain frais lors de sa tournée.

Martine descendit de son véhicule, ouvrit le coffre et en extirpa trois sacs remplis de baguettes que Ténor et Sam vinrent prendre et emmenèrent sous l'auvent organisé en cantine. En refermant le coffre du Kangoo, Martine aperçut Lou au milieu du groupe. Elle se figea, stupéfaite, puis décida d'aller voir de quoi il retournait, mais avant, elle décolla de la lunette arrière l'affichette avec les photos des disparues et se dirigea vers la jeune fille. À cet instant précis, l'adolescente quitta des yeux Vadim et se retourna. Il était trop tard pour se cacher. Le sang reflua de son visage et elle blêmit. La boulangère salua d'abord Vadim, puis marqua un temps d'arrêt avant de s'adresser à la fille du maire :

— Lou, qu'est-ce que tu fais là ? Tes parents te cherchent partout ! Tiens, regarde un peu… Y en a plein Paunac…

Vadim, qui s'éloignait pour retrouver Billy, fit demi-tour tandis que Béa se dépêchait vers la boulangère et s'emparait de l'affichette. Lou tenta de la lui arracher des mains, mais trop tard. Béa avait eu le temps de lire l'avis de recherche et le passait à Vadim qui l'avait rejointe.

Lou, tétanisée, cherchait en vain une échappatoire. Mais son esprit refusait de fonctionner et sa vue se troubla.

— J'en étais sûre… murmura Béa d'un air dégoûté.

Vadim leva les yeux et fusilla Lou d'un regard glacial.

— Vous ramassez vos affaires et vous dégagez !

Marion, qui avait suivi la scène de loin, cacha sous son pull le tee-shirt qu'elle était en train de plier et qui lui plaisait bien. Tentant de masquer son soulagement, elle rejoignit son amie. Elle avait été loyale. Lou ne pourrait pas lui reprocher de l'avoir abandonnée, mais il était temps que toutes ces conneries s'arrêtent. Elle jeta un coup d'œil vers la yourte de Billy en se demandant si elle aurait le temps d'aller lui demander une tête d'herbe avant de partir. Mais un hurlement strident l'arrêta net :

— Qu'est-ce que tu fais ? cria la boulangère.

Lou venait de saisir un cutter abandonné sur une pile de pneus et, dans un geste aussi théâtral que provocateur, fit glisser la lame d'un coup sec sur son poignet gauche.

— Arrête tes conneries ! hurla Vadim.

Alors qu'un filet de sang s'échappait de l'entaille, Lou le regarda, un sourire étrange aux lèvres. Elle avait enfin trouvé le moyen de lui déclarer son amour. Et quel moyen ! Radical, spontané, superbe.

Qui pourrait maintenant douter de la profondeur de ses sentiments ?

18

Quelques jours plus tard, la mairie organisa la réunion publique demandée par Jean-Luc Dauman, le représentant du groupe d'investisseurs qui finançait le projet de centre commercial. L'homme, impeccablement vêtu d'un costume sombre sur une chemise blanche monogrammée à ses initiales et d'une cravate bleu nuit, avait pris place à côté de Ronsac et jaugeait avec une bienveillance hautaine l'assemblée qui terminait de s'installer. Il savait que les échanges seraient tendus et n'en était pas inquiet outre mesure. Son expérience lui faisait envisager la suite avec sérénité. Rares étaient les conflits qui ne se résolvaient pas avec un peu d'argent ou certaines pressions faites au bon moment.

Toutes les chaises avaient été prises d'assaut et les derniers arrivés restaient debout en fond de salle, adossés au mur.

Martine Tchakarov se dressa et interrompit Ronsac qui venait à peine de commencer un résumé succinct de la situation.

— Tout ça, on le sait déjà ! La vraie question est : quand on aura déposé le bilan à cause de cette foutue zone commerciale, vous nous direz quoi, hein ?

Depuis peu présidente de l'association des commerçants du centre-ville, Martine œuvrait activement contre le projet municipal. Plusieurs participants grognèrent leur assentiment, certains applaudirent un bref instant. D'autres, qui faisaient partie des soutiens au projet et que Ronsac avait su rameuter, soupirèrent bruyamment. Jean-Luc Dauman fixa la boulangère et lui sourit en secouant imperceptiblement la tête. Il y avait toujours une chieuse pour empêcher de bâtir et de construire le futur, une de ces rétrogrades qui ne voyaient que leur petit intérêt et ne concevaient qu'un avenir à court terme à la dimension de leur insignifiance. Ronsac n'eut pas le temps de lui répondre et en fut soulagé ; un de ses thuriféraires s'était dressé à son tour et demandait d'une voix ferme et agacée :

— Comment ça se fait que vous laissez des gens barricader les terres ? Des étrangers qu'on connaît même pas ! On est plus en sécurité chez nous, maintenant !

La question de la sécurité était une bonne diversion, un sujet bateau qui permettait d'oublier le principal. Se voulant pédagogue, Ronsac expliqua qu'il ne fallait pas dramatiser, que la population avait droit à des explications et qu'il était inutile d'envenimer les choses. Il employa des mots-valises, un galimatias fourre-tout avec lequel il jonglait assez aisément après des années passées en politique. Le but n'était pas de convaincre, mais d'embrouiller, et surtout de faire sentir que seuls les responsables savaient où ils allaient. Il en appela à l'économie et aux retombées financières pour l'ensemble de la communauté. Pour se faire plus convaincant, il n'oublia pas d'employer un terme à la mode : le *ruissellement*. Dauman approuva d'un mouvement affirmatif de la tête. Le maire avait retenu la leçon. Pour le promoteur, le ruissellement serait un fleuve, un mascaret d'argent sur lequel il surferait. Dauman applaudit sans bruit Ronsac qui prédisait maintenant la création de quatre cents emplois et la dynamisation de la région et de la ville. Tout le monde y trouverait son bonheur et les quelques réfractaires le remercieraient dans quelques mois, il en était convaincu.

Martine, toujours debout, avait écouté son monologue en bouillant intérieurement. Des gouttes de sueur perlaient sur ses joues rougies. Elle ne transpirait pas seulement d'énervement, mais aussi à cause de la chaleur infernale qui régnait dans la pièce. Dauman avait exigé qu'on monte le chauffage au maximum. Ainsi, avait-il expliqué à Ronsac, incrédule, les gens ne resteraient pas des heures à palabrer pour ne rien dire. Il avait rodé cette technique à de nombreuses reprises avec des résultats plus que satisfaisants.

— Vous croyez qu'on n'en a pas assez de ces supermarchés et de ces énormes zones commerciales ? Y en a plus de deux pour dix mille habitants en France ! Ils poussent comme des champions vénéneux et nous empoisonnent, nous, les petits commerçants ! intervint Martine qui prit la salle à témoin.

Ronsac convoqua aussitôt la loi à sa rescousse. La zone appartenait au groupe représenté par Dauman ici présent. Le promoteur sourit une nouvelle fois et se retint de faire un petit geste de la main qui aurait pu paraître provocateur. Il était donc légitime, continuait Ronsac, que ce groupe en ait l'entière jouissance. Un brouhaha général s'ensuivit.

— Comment la zone peut leur appartenir puisque certains propriétaires refusent de vendre ? cria une voix dans le fond.

— Ils squattent illégalement des terrains qui ne leur appartiennent plus ! lui répondit un homme en quittant la salle d'un pas énervé.

Ronsac soupira et décida qu'il était inutile de poursuivre. Tout avait été dit. Il ne pouvait empêcher les gens de brailler. À ses côtés, Dauman se recula sur sa chaise, s'appuya contre le dosseret et mit ses deux mains sur sa nuque en contemplant le plafond. Lui aussi, visiblement, considérait que la réunion était terminée.

19

Le cœur en berne, Lou regardait la rue, le front posé sur la vitre de la fenêtre de sa chambre. Son souffle embuait le carreau et altérait sa vision, mais elle ne l'essuya pas. Une bande de gaze enveloppait son poignet gauche. Tombée de vélo, les mains en avant sur un silex, pas de bol, c'était la version qu'elle avait servie à ses parents pour justifier son entaille. Une explication confuse et peu crédible qu'ils avaient fait semblant de croire, tout à leur bonheur de la revoir. Où avait-elle dormi ? Pourquoi son portable était-il éteint ? Tant de questions qu'ils avaient ravalées les premiers jours, de peur que les réponses mettent en péril l'apparente harmonie familiale. La boulangère avait déposé les jeunes filles sur la place leur assurant qu'elle ne dirait rien contre la promesse qu'elles rentrent directement chez elles.

— J'ai eu tellement peur, avait dit son père en la serrant dans ses bras.

Lou n'avait pas bronché à son contact, elle était restée de marbre. Un poids mort que Ronsac avait mis sur le compte de l'émotion et peut-être aussi du sentiment de remords que sa fille éprouvait. Au fond de lui, il espérait que Lydie se chargerait d'éclaircir les évènements survenus cette nuit-là, et surtout, et cela, il le lui avait dit fermement, qu'elle surveillerait leur fille de près. Il avait servi une histoire bancale aux gendarmes. Il s'était expliqué auprès du personnel de la mairie, de ses collaborateurs à l'agence, avait remercié ceux qui lui demandaient encore si Lou était revenue : *Une petite bêtise de jeunesse… Aller dormir chez une copine sans autorisation… et nous… à force de voir ce qu'on voit et d'entendre ce qu'on entend… eh bien… on s'inquiète…* Sa fille était rentrée saine et sauve et, l'angoisse apaisée, il avait eu envie de la gifler pour l'image déplorable du père dépassé qu'il lisait dans le regard des autres. Mais il s'était retenu. À la place, il avait été clair : si ça se renouvelait, il n'hésiterait pas à la mettre en pension dans un lycée privé. Lou avait écouté le sermon sans broncher. Depuis cette nuit-là, elle se sentait morte à l'intérieur.

La porte était entrouverte, Lydie jeta un œil dans la chambre et entra.

— Chérie, je peux ? s'annonça-t-elle.

Sans attendre la réponse, elle rejoignit sa fille devant la fenêtre. Lou ne se retourna pas et ne sentit sa présence que lorsque sa mère passa un bras autour de sa taille.

— Tu veux qu'on parle ? lui demanda Lydie.

Lou se mura dans un silence têtu. Pourtant, elle aurait eu beaucoup de choses à lui dire, mais elle préférait garder tout ça pour le jour où elle aurait besoin de s'en servir comme monnaie d'échange. Au début, elle n'avait pas compris, puis elle n'avait pas voulu le croire. Peu à peu, elle avait été choquée, en colère au point de décider de tout lui balancer à la figure devant son père. C'est Marion qui l'en avait dissuadée.

— Imagine qu'à cause de toi, il demande le divorce et que la juge décide que tu doives vivre avec lui ?

Marion s'y connaissait en matière de juge. Elle en voyait un une fois par an depuis qu'elle était petite. Lou l'avait écoutée. Elle avait continué à fouiller dans le portable de sa mère et à la dévisager quand elle rentrait soi-disant de chez une copine ou de faire des courses. Les yeux trop brillants, le mascara qui faisait des paquets sous les yeux, les cheveux trop plats à l'arrière du crâne. Imaginer sa mère faire ce genre de choses en pleine journée la dégoûtait. Lou avait même pris plaisir à lui faire croire qu'elle voulait venir avec elle, jubilant de la voir bredouiller des prétextes débiles pour expliquer qu'elle ne pouvait pas l'emmener. Mais depuis qu'elle avait Vadim dans la peau, Lou se fichait de ce que faisait sa mère et même avec qui elle le faisait. Il n'y avait que lorsqu'elle la voyait poser ses lèvres sur celles de son père qu'elle avait envie de vomir.

— À quoi tu penses, ma chérie ?

— À rien… mâchonna Lou entre ses dents.

En vérité, elle ressassait les dernières heures qu'elle avait vécu à la ZAD. Vadim s'était rué sur elle pour l'empêcher de s'ouvrir les veines du poignet. Quel bonheur de sentir son corps se plaquer contre le sien ! D'entrevoir ses yeux effarés qui, sûrement pour la première fois, la regardaient *pour de vrai*. Mais ça n'avait pas suffi. Il l'avait obligée à partir avec la boulangère une fois que Katia eut désinfecté la plaie et mis un pansement.

Lydie prit le menton de Lou entre ses doigts et l'obligea doucement à la regarder. Son intention était d'avoir un contact direct avec elle, pas de mère à fille, mais de femme à femme. Il y avait des choses qu'on se disait d'égale à égale en supprimant le poids de la subordination. Les yeux de Lou se voilèrent et des larmes roulèrent sur ses joues. Lydie savait, et ces larmes n'étaient qu'une confirmation : Lou était amoureuse. Elle en éprouvait à la fois de la joie et du chagrin. De la joie parce qu'être amoureuse était la plus belle chose qu'apportait la vie, l'amour transcendait et on pouvait tout excuser pour lui. Du chagrin parce que son rôle, ingrat et difficile, était de mettre en garde sa fille, l'amour était aussi un philtre qui rendait horriblement malade quand il n'était pas partagé.

— Ce n'est pas un garçon pour toi, ma chérie, lui glissa-t-elle à l'oreille, comme elle lui dispensait autrefois des huiles essentielles tièdes d'eucalyptus et de camomille pour combattre une otite.

— De qui tu parles ? demanda Lou en se reculant.

— Il faut vraiment que je te le dise ? sourit Lydie avec malice. De toute façon, tu n'as pas à t'inquiéter pour lui. Ton père m'a dit que le préfet n'était pas pressé de les expulser…

Lou faillit tomber dans le piège. Mais quelque chose dans le regard de sa mère lui rappela quelle femme elle était.

— Comme si papa te faisait ses confidences ! cracha l'adolescente.

Lydie se raidit et, changeant subitement d'attitude, redevint une mère puisque Lou refusait sa complicité.

— Tu étais là-bas ! Ne me prends pas pour une imbécile !

Lou la toisa sans un mot, les mâchoires contractées. Le moment était peut-être venu de tout lui balancer. Lydie sentit un frisson lui parcourir la colonne vertébrale. Comme l'annonce d'un danger imminent. Elle tourna le dos à sa fille pour quitter la chambre et ferma doucement la porte derrière elle. Bien trop doucement au goût de Lou qui avait raté le coche.

20

La réunion terminée, Ronsac ouvrit les fenêtres pour aérer et faire baisser la température de la pièce. Dauman le regardait faire, un sourire satisfait aux lèvres.

— Bravo ! Vous vous en êtes sorti comme un chef, le félicita le promoteur.

Le maire, pas certain que ce fut le cas, se mit à ranger ses dossiers, pressé de se retrouver seul. Cette histoire de centre commercial lui laissait un goût amer dans la bouche. Si le projet était nécessaire au développement de Paunac, le fait que certains y perdent des plumes le tourmentait. Dauman devina ses scrupules et insista en affirmant combien lui et ses patrons étaient conscients de son dévouement. Ronsac, sans le regarder, lui rappela qu'il ne s'agissait pas de dévouement. Il œuvrait pour le bien de la commune et de la région. Son but était de promouvoir l'économie locale. Dauman laissa échapper un petit rire grinçant.

— Bien sûr, bien sûr… Et nous savons bien combien ces partenariats « privé-public » peuvent être douloureux pour un homme de conviction comme vous…

Ronsac releva la tête, étonné du tour affectif que prenait la conversation. Dauman ne l'avait pas habitué à cela.

— Notre groupe a décidé de vous octroyer une petite prime pour tout le mal que vous vous donnez… continua Dauman.

Ronsac marqua son étonnement d'un bruit de bouche accompagné d'un haussement des sourcils.

— Un coup de pouce, précisa le promoteur d'une voix enjouée. Prenez ça comme un encouragement et la marque de nos remerciements et de notre considération, mon vieux.

Ronsac allait lui signifier qu'il n'attendait rien de tel, qu'il souhaitait que les choses se fassent dans une bonne entente quand, d'autorité, Dauman déposa sur la table une enveloppe blanche. Il la poussa d'une pichenette dans la direction de Ronsac.

— Je ne comprends pas, dit le maire, bien qu'il comprît parfaitement.

Il se sentit outragé qu'on puisse croire qu'il était à vendre. Dauman le rassura : ce n'était rien qu'un geste amical qui ne portait pas à conséquence. Un petit cadeau entre amis ne se refusait pas, n'est-ce pas ? Le promoteur gratifia le maire d'un clin d'œil complice.

— Si vous ne le faites pas pour vous, faites-le pour moi. Allez, acceptez sans préjugés, je vous en prie, insista encore Dauman, en reprenant l'enveloppe et en la lui tendant directement.

*

Titi Aselmot avait attendu que la réunion publique se termine, passant et repassant sur le trottoir en face de la mairie. Dès qu'il aperçut Dauman sortir du bâtiment, il se rencogna à l'abri d'une porte cochère. Il n'aurait pas supporté que ce type vienne lui taper sur l'épaule avec l'air paternaliste de celui qui donne toujours de bons conseils. Titi lui avait cédé, avait accepté son chèque, même s'il ne se résolvait toujours pas à l'encaisser, contrairement à ce que croyait Marie. Il se refusait à lui parler à nouveau.

Dauman monta dans un SUV gris métallisé flambant neuf et démarra.

Titi attendit quelques secondes avant de se diriger vers la mairie. Il avait promis à Marie d'aller voir Ronsac et remettait chaque jour cette démarche qui lui coûtait. Demander de l'aide n'était pas dans ses habitudes. Que pouvait lui apporter le maire ? Après une nouvelle dispute dans l'appartement de son frère dans lequel il étouffait, peu habitué à ce que sa ligne d'horizon se heurte à quatre murs, il s'était enfin décidé. Il irait, demanderait et rentrerait. Marie ne pourrait plus lui reprocher son immobilisme.

Titi se retrouva nez à nez avec Ronsac qui quittait la mairie d'un pas pressé. Le maire stoppa net en reconnaissant son ancien copain de classe. Dieu ! ce qu'il avait vieilli, songea Ronsac en lui tendant la main.

— Comment vas ? demanda Ronsac avec un sourire amical un peu forcé.

Titi la lui serra et haussa les épaules ; il n'en savait rien lui-même.

— On fait aller... Je voulais te voir...

Ronsac opina d'un mouvement contraint de la tête. Il aurait préféré qu'il prenne rendez-vous.

— Eh bien, tu vois, je suis là...

Titi acquiesça timidement, ne sachant par où commencer.

— Qu'est-ce qui t'amène ? l'encouragea Ronsac.

— Tu te rappelles... C'est toi qui m'as convaincu de prendre le chèque du promoteur parce que l'expropriation aurait de toute façon lieu...

Par prudence, le maire regarda autour d'eux pour s'assurer qu'ils étaient seuls.

— Je ne sais plus quoi faire, Vincent... Je me suis mis plein de gens à dos... Et puis j'ai pas l'impression que l'expulsion... enfin... je veux dire... c'est pas pour tout de suite... J'aurais peut-être pas dû laisser ma ferme... J'ai plus de boulot, maintenant... Tu comprends ?

Ronsac entreprit de le rassurer. Titi avait fait le bon choix, en homme, en père de famille et en époux. Eh oui ! L'expulsion était pour bientôt. Ronsac s'approcha de Titi et lui glissa à l'oreille, comme une confidence de la plus haute importance, marquant ainsi la confiance qu'il lui portait :

— Mais tu gardes ça pour toi, n'est-ce pas ?

Pour toute réponse, Titi déglutit.

Le maire lui promit de lui trouver un boulot à la commune, quelque chose à sa dimension et dans ses compétences.

— Les espaces verts, ça te dirait ? C'est dans tes cordes, non ?

Titi avait enfin quelque chose à annoncer à Marie.

21

Ronsac regarda l'heure sur son portable et renonça à passer à son agence. Chez lui, il était certain d'y voir Lydie et Lou… Il se dirigea alors du pas pressé de quelqu'un qui ne peut attendre vers les sanisettes publiques qu'il avait fait installer sur la place au début de son mandat, une de ses promesses de campagne tenues dont il était fier. Les commerçants ambulants qui s'installaient deux fois par semaine sur le marché l'avaient remercié. Mais il s'était attiré les foudres du bistrotier qui avait vu sa clientèle diminuer. Le père Gaspard, comme on l'appelait à Paunac, non content de l'engueuler en pleine rue et devant témoins, s'était payé le luxe de poser durant un mois une affichette sur sa vitrine : *Si c'est pour pisser, pour 20 centimes, vous pouvez le faire en face dans les chiottes publiques. Mais ici, pour 1 euro de plus, vous pouvez boire un café !* Chaque décision créait son lot de mécontents. Il fallait avoir le cuir épais…

Ronsac trouva une pièce de 20 centimes dans la poche de sa veste, la glissa dans la fente et la porte coulissa. L'odeur de désinfectant le prit à la gorge. Il entra. La porte se referma automatiquement. Il ouvrit sa sacoche de cuir noir, cadeau de Lydie pour la fête des Pères, sortit l'enveloppe blanche coincée entre deux dossiers. À l'intérieur, il découvrit le récépissé d'un dépôt à son nom sur un compte à l'étranger. La somme était inscrite en lettres et en chiffres qui se mirent à vaciller devant ses yeux. Il se força à respirer calmement et relut à mi-voix : 50 000 euros…

— Merde alors… murmura-t-il.

À presque 50 ans, Vincent Ronsac ne s'était jamais imaginé détenteur d'un compte à l'étranger. Il n'avait pas non plus pensé qu'on pouvait l'acheter de façon aussi claire, et surtout, qu'il valait ce prix. 50 000 euros correspondaient à une année de son salaire d'assureur, prime de fin d'année comprise, à un séjour d'un mois en famille aux Maldives, voyage inclus, dans une villa les pieds dans l'eau… 50 000 euros était une sacrée somme et il n'aurait jamais dû avoir ce récépissé entre les mains.

Il avait accepté cette enveloppe pour ne plus avoir à affronter le regard à la fois encourageant et menaçant de Dauman. Il avait cru à un chèque qu'il pourrait rendre plus tard ou ne jamais encaisser. Il n'était pas dans son éducation d'accepter des pots-de-vin. Pourtant, il avait ce morceau de papier entre les mains et se sentit piégé.

22

Lou et l'infirmière se trouvaient dans le salon des Ronsac. Lou assise sur le canapé, Katia Lachaud penchée sur le poignet de l'adolescente. Le matériel médical était disposé sur la table basse. Pour la première fois, Lydie n'assistait pas au changement de pansement. Elle avait posé au pied du canapé la petite poubelle de salle de bains pour les compresses souillées et était sortie faire des courses.

— Je serai de retour dans une heure, avait-elle prévenu.

Lou s'était demandé où allait sa mère avec sa veste neuve et ses talons, mais elle avait repoussé cette question à plus tard. Être seule avec Katia était l'unique chose qui lui importait. L'occasion de lui parler librement ne se représenterait peut-être jamais.

Lou hésitait, ne sachant pas comment aborder le sujet qui lui tenait tellement à cœur.

De son côté, Katia réalisait qu'à chaque fois qu'elle voyait Lou, elle repensait à l'adolescente qu'elle avait été : taiseuse et timorée. Sans véritable rêve ni désir. Tout le contraire de la jeune fille passionnée et entière qui s'était tailladé le poignet avec un cutter.

La plaie était quasiment cicatrisée et Katia Lachaud annonça à Lou qu'elle ne lui refaisait pas un nouveau pansement.

— Tu vas être libérée de moi, je ne t'embêterai plus ! sourit Katia avec un clin d'œil.

— Ça ne me dérange pas quand vous venez…

Lou aurait aimé ajouter *Au contraire*, mais elle n'osa pas de peur de paraître trop familière. Pourtant, elles avaient un point commun : leur présence à la ZAD ce fameux jour. Katia l'avait tout de suite soignée en posant quatre petites bandes de strip afin de suturer la plaie, bandes que Lou avait arrachées dans la voiture de la boulangère pour ne pas avoir à expliquer à ses parents qui les lui avait posées. Mais ça, Katia l'ignorait.

Dès son retour à la maison, Lydie avait conduit Lou chez le docteur Bonvoisin qu'elle dépassait d'une tête maintenant. Lou le détestait. Il regardait toujours les fesses de Lydie, faute de pouvoir mater ses seins, pensait l'adolescente. Quand il lui avait fait les points de suture, elle avait crié suffisamment fort pour que les patients dans la salle d'attente l'entendent. Bonvoisin avait fait une prescription pour qu'une infirmière libérale vienne changer le pansement jusqu'à complète cicatrisation. En temps normal, Lou aurait refusé, mais elle y avait vu son intérêt. Katia travaillant à Paunac, Lou avait prié pour que ce soit elle qui se déplace.

Lou n'avait pas eu peur que Katia la dénonce à ses parents. Elle lui avait trouvé des talents de comédienne quand elle avait fait mine, devant Lydie, de la rencontrer pour la première fois.

— Vous allez souvent à la ZAD ? interrogea Lou.

Ça y est, elle y était presque.

Katia jeta le coton imbibé de désinfectant dans la poubelle, ce qui lui laissa le temps d'évaluer les risques qu'elle prenait en répondant franchement à la fille du maire.

— Si quelqu'un a besoin de soins, oui…

Lou sentit que Katia ne lui faisait pas confiance.

— J'en parlerai pas à mon père, vous savez…

Katia lui sourit.

— Ça ne me dérangerait pas. Ça fait partie de mon travail. Soigner les gens…

Elle se versa du gel hydroalcoolique sur les mains avant de les frotter longuement l'une contre l'autre.

— Ils ont peur, là-bas ? demanda Lou.

Katia rajusta son gilet qui avait tendance à glisser sur son épaule droite.

— Tu n'aurais pas peur, toi, si tu craignais que la police débarque chez toi pour te faire sortir de force ?

Lou en convint.

— Mais ça n'arrivera pas. En tout cas, pas tout de suite. Le préfet n'est pas décidé.

Katia, qui venait d'empoigner sa sacoche, regarda Lou dans les yeux.

— Tu es sûre ?

Lou se leva pour se retrouver à la hauteur de l'infirmière. Elle baissa la voix, bien qu'elles fussent seules dans la maison.

— Oui, j'en suis sûre. Vous pourriez me donner le numéro de portable de Vadim ? Il faut que je lui explique tout ce que je sais...

23

On ne tient pas toujours ses promesses. Même quand on se les fait à soi-même. Je ne sais pas à quel moment j'ai pris conscience que je n'avais qu'une vie. Si je n'en profitais pas, personne ne le ferait à ma place. Ce jour-là, qui était peut-être une nuit d'insomnie, tout ce que j'avais vécu jusqu'à présent, tout ce en quoi je croyais, m'était apparu vain et sans consistance. Ma première réaction a été de me confier à Vincent. Il a paru surpris de m'entendre parler d'insatisfaction, de but, d'accomplissement. Il venait de remplacer ma vieille Honda Civic par le dernier Crossover de Suzuki et il ne comprenait pas que je me sente insatisfaite. J'ai tenté de lui expliquer qu'il s'agissait d'un sentiment plus profond qui n'avait rien à voir avec les biens matériels. Peut-être devrais-je me mettre à travailler ? avais-je improvisé. La vérité était que je ne comprenais pas moi-même cette sensation de vide qui me prenait au ventre dès le matin et que je tentais de combler en me bourrant de cochonneries tout au long de la journée. Vincent avait haussé les épaules, l'air de dire que je ferais comme je l'entendais. Il avait toutefois objecté le fait que personne ne m'attendait sur le marché du travail et que rapporter un salaire, aussi minime qu'il soit, ferait grimper notre fiscalité. Il avait appuyé sa démonstration par une série de calculs que je n'avais pas eu le courage d'écouter jusqu'au bout. Bien sûr, si je m'ennuyais à la maison maintenant que Lou mangeait à la cantine, avait-il concédé, je pouvais toujours consacrer quelques heures à une association. Celle du Secours populaire recherchait une secrétaire, l'ancienne était récemment décédée. Devant mon peu d'enthousiasme, il avait quitté la pièce en coup de vent, soupirant que je ne connaissais pas mon bonheur et qu'à ma place, il ne se plaindrait pas. Lui saurait profiter de la vie !

Nous n'avons plus jamais abordé ce sujet. Vincent, parce qu'il estimait qu'il était parvenu à « me remettre sur les rails ». Moi, parce que j'avais trouvé la solution à mon mal-être en la personne de Xavier Thouar, l'homme qui, à cet instant, me faisait l'amour. Même ma sœur n'aurait pas compris mon choix, qui n'en était pas un. Je ne m'étais pas posé la question de savoir s'il me plaisait ou pas. Si j'avais envie d'avoir un amant ou s'il pouvait le devenir. Je l'avais vu et avais violemment ressenti le besoin de ses mains sur mon corps. De ses lèvres sur les miennes. De son sexe dans le mien. Et ce n'était ni le moment ni l'endroit... Les vœux du maire ! Vincent faisait son discours annuel. Je le connaissais par cœur pour l'avoir entendu répéter devant le miroir de la chambre. J'étais plantée à côté de Vincent façon plante verte, avec mon slip qui me rentrait dans les fesses, parce qu'à force de désœuvrement, j'avais pris trois kilos, un petit sourire figé sur les lèvres et le nez pincé pour ne pas sentir l'odeur de transpiration qui s'échappait des aisselles des administrés, venus essentiellement pour le pot de l'amitié, et qui planait dans la salle des mariages surchauffée. Le discours achevé, tous s'étaient rués vers le buffet. J'embrassais, je serrais des mains, je jouais mon rôle à la perfection, jetant de rapides coups d'œil à ma montre, avec l'envie de me balancer par la fenêtre ou de hurler que je n'en avais rien à foutre de toutes ces conneries. Quand soudain, j'ai senti un regard posé sur moi. Il était là, adossé au mur, un petit sourire narquois sur un visage émacié. Un pull au col en V à même la peau. Un jean serré. Des boots. Pas d'alliance. Je ne me rendais pas compte que je le scannais ouvertement. J'aurais été incapable de dire si c'était son sourire, ses yeux, sa façon de se tenir droit sans paraître guindé, la couleur de ses boots ou son pantalon qui moulait son entrejambe, mais une déflagration a embrasé mon bas ventre. Je me suis dirigée vers lui. Il n'a pas cillé, comme s'il se doutait de ce que je voulais et qu'il désirait exactement la même chose. Nous nous sommes serré la main, plus longtemps que ne le dictaient les convenances. Je lui ai dit que j'étais la femme du maire. Il a répondu qu'il avait compris... Ce n'était d'ailleurs pas de ma faute. J'ai souri. Mais il est certain qu'il aurait pu me dire n'importe quoi. Xavier m'a donné sa carte de visite. « Je serai heureux que vous m'appeliez », a-t-il dit d'une voix assurée. J'ai fourré la carte dans la poche de ma veste. Nous savions tous les deux que je le ferais. Dès le lendemain matin, je lui téléphonais. Vincent était parti travailler. Lou avait pris le car pour le lycée. Je n'étais pas encore maquillée. J'ai composé son numéro. Le sang battait dans mes tempes. La sonnerie a retenti deux fois avant qu'il ne décroche. J'ai dit : « C'est moi. » Il a répondu : « Je sais. » Une heure plus tard, nous faisions l'amour dans l'entrée de son pavillon. Les aboiements des chiens enfermés dans le chenil couvraient mes gémissements.

C'était il y a trois mois. Xavier est devenu ma drogue dont la posologie ne fait qu'augmenter, me poussant à prendre des risques de plus en plus grands.

24

Vadim, perché à six mètres au-dessus du sol, finissait de construire une plateforme entre trois branches d'un chêne quand le mugissement d'une vache le prévint de l'arrivée d'un SMS. Il coupa le moteur de sa visseuse électrique et attrapa le portable dans la poche intérieure de sa veste chinoise. Le message venait d'un numéro qui n'était pas dans son répertoire.

L'expulsion n'aura pas lieu bientôt. Il faut pas t'en faire. Je sais que tu me crois pas, mais je suis de votre côté.

Vadim relut le message plusieurs fois, intrigué tant par le ton familier que par l'identité de son expéditeur. Il rempocha son téléphone et remit la visseuse en marche.

Avec ses camarades, il avait étudié les plans cadastraux apportés par Lou. Depuis des semaines, ils sécurisaient les abords directs de la ZAD. Personne, ni Mativet, ni Ténor, n'avait envisagé que les policiers entreraient par les anciens chemins mangés par les ronces. Tous en avaient conclu que c'était la bonne stratégie à adopter. Elle était imprévisible, mais surtout, elle permettrait aux forces de l'ordre de pénétrer dans la ZAD à l'abri des regards avant de se déployer dans les prés. Pire, cela leur donnait les moyens de les prendre en tenaille – qui par les chemins, qui par la voie d'accès connue de tous. Depuis deux jours, Vadim construisait des bases dans les arbres.

— Il est temps de prendre un peu de hauteur ! avait rigolé Régis Mativet quand Béa avait soumis l'idée de balancer des cailloux du haut des arbres sur la tête des flics.

Vadim n'avait pas avoué à Régis, de crainte qu'il s'y opposât, qu'avec deux de ses potes, ils ne s'étaient pas uniquement concentrés sur le ramassage de cailloux. Ils avaient confectionné des cocktails Molotov d'après une recette trouvée sur Internet, des cocktails qu'il avait expérimentés à l'occasion des manifs des gilets jaunes à Bordeaux. Une crise à laquelle il avait pris part dès le début et qui avait sonné l'arrêt de ses études de philosophie. Il s'était justifié auprès de ses parents, tous les deux enseignants dans le secondaire, en expliquant qu'il trouvait enfin dans son militantisme de quoi nourrir son esprit et sa réflexion, tandis qu'au contraire il végétait sur les bancs de la fac. Transcendé par la solidarité découverte sur les ronds-points, il n'avait jamais eu l'occasion de vivre de tels moments d'entraide, de complicité et d'harmonie entre les gens. Au contact d'un groupe d'autonomes bordelais, désigné par les médias sous le nom fourre-tout et anxiogène de *black blocs,* il avait appris les rudiments de la guérilla urbaine, tournant définitivement le dos à toute forme de contestation non violente qu'il jugeait stérile face à la répression ambiante.

Un samedi après-midi de contestation, suite à une charge policière, il avait perdu ses copains de vue et s'était réfugié dans le hall d'un immeuble pour fuir les gaz lacrymogènes. Adossée aux boîtes aux lettres, une jeune femme toussait, crachait, pleurait et criait contre ces salauds de flics qui les nassaient et s'en prenaient indifféremment aux familles, aux personnes âgées, aux étudiants et aux travailleurs. Elle s'appelait Béa. Vadim avait rincé ses yeux rougis avec du collyre.

— Putain, mais ils n'ont pas de gosses, ces cons ? pesta Béa.

— J'espère que non. Pas trop envie qu'ils se reproduisent… ironisa Vadim.

Ils restèrent enfermés plus d'une heure, Vadim habillé tout en noir et Béa en jean et en baskets, les cheveux remontés sous une casquette.

Elle avait perdu son téléphone durant la charge et s'inquiétait de ne pas pouvoir prévenir son père qu'elle rentrerait très tard. Elle demanda au jeune homme de lui prêter son téléphone, elle n'en avait pas pour longtemps. Il rétorqua qu'il ne venait jamais en manif avec. Béa convint qu'il avait sûrement raison. Vadim lui expliqua qu'il ne craignait pas de le perdre ou de le casser, mais plutôt d'être géolocalisé. En cas d'enquête et d'arrestation, le téléphone se transformait en un véritable mouchard. Au contact de ses camarades bordelais, il avait appris à se méfier non seulement de son téléphone, mais aussi de la webcam de son ordinateur, de ses connexions Internet et de son Pass Jeune.

Béa l'écoutait, mémorisant ces informations dont, bien sûr, elle avait déjà entendu parler sans jamais les avoir approfondies. Elle n'avait plus l'occasion de venir souvent à Bordeaux, lui expliqua-t-elle. Elle y avait étudié durant deux ans, un BTS agricole, avant de retourner vivre et travailler dans la ferme de son père, en Dordogne. C'était la première manifestation à laquelle elle participait depuis qu'elle n'était plus étudiante. Son père voulait l'accompagner tant les revendications des gilets jaunes faisaient écho aux malaises des agriculteurs.

— Mais il n'aime pas laisser l'exploitation sans surveillance, avait-elle conclu.

Vadim avait imaginé qu'il s'agissait de surveiller des vaches ou des poules. Il ne connaissait rien à la vie à la campagne. Il ne découvrit la situation de Béa que plus tard, dans la soirée, quand il la convainquit de rester dormir chez lui. Il prétexta qu'il était tard. Qu'elle était fatiguée d'avoir tant marché et couru. Qu'elle avait trop bu de demis à 1 euro dans le local fréquenté par les copains de Vadim où ils s'étaient posés après être enfin sortis du hall de l'immeuble.

La ferme familiale devait être expropriée, à l'instar des propriétés agricoles alentour. Depuis deux ans, le projet d'installation d'un grand centre commercial polluait leur vie. On leur avait proposé des sommes bien au-dessus du prix de l'immobilier pour céder leur maison et leurs terres. Une seule famille avait accepté. La maison avait été rasée le lendemain de la signature de l'acte de vente. Le père de Béa, Régis Mativet, lui, refusait de quitter son exploitation, imité en cela par ses plus proches voisins. Il avait menacé de se tirer un coup de carabine dans la tête si l'huissier, mandaté par le groupe de la grande distribution, revenait chez lui avec ses avis d'expulsion. Deux ans de bataille juridique, de frais d'avocats, de guerre des nerfs. Béa ne savait pas si son père ne craquerait pas un jour.

— Le pot de terre contre le pot de fer, s'était-elle plainte.

— En fait, vous êtes une ZAD à vous tous seuls ? avait commenté Vadim.

— Oui, c'est un peu ça… Tu as raison, c'est le principe. Sauf qu'on est qu'une poignée… Un matin, ils auront ce qu'ils veulent, c'est certain…

Dix jours plus tard, Vadim déboulait chez Béa accompagné de Martin, Anne-So, Sam et Zaza. Il avait confié à Mativet qu'il avait raté Notre-Dame-des-Landes, Bure, Sivens, mais qu'il ne louperait pas Paunac. Mieux, il s'y consacrerait ! Par conviction… mais également par amour pour Béa.

Le jeune homme politisé et volage, qui plaçait au-dessus de tout l'amitié et la fraternité, venait de tomber amoureux pour la première fois de sa vie.

Un mois passa et ils étaient une quinzaine. Oscar et Anita les avaient rejoints. Vadim avait su fédérer des activistes bordelais qui, comme lui, voulaient fuir la ville et mettre en pratique sur un territoire donné leur expérience de combat contre le capitalisme. Par la force comme lors des manifestations ou par l'information via les réseaux sociaux. Réfléchir. S'instruire. Argumenter. Dénoncer. Des notions aussi importantes pour Vadim et ses camarades que s'entretenir, se muscler, se dépasser. Billy, quant à lui, était apparu un beau matin avec sa guitare et ses dreadlocks.

Dans les premiers temps, Mativet, Ténor et Titi Aselmot eurent l'étrange impression d'accueillir une colonie de vacances pour adolescents attardés. Entre deux coups de main aux travaux des champs ou à la restauration de bâtiments, les jeunes organisaient des ateliers de self-défense, des cours de krav-maga, des discussions sur l'écologie, sur les violences policières, la désobéissance civile, la création de toilettes sèches, et même sur des sujets qui paraissaient bien loin de Paunac, comme le Printemps arabe ou la Révolte des parapluies à Hongkong.

Les *historiques* – ainsi les appelaient les nouveaux venus avec respect – mirent un certain temps avant de se joindre aux discussions. Ils ne comprenaient pas à quoi elles pouvaient bien servir, mais surtout, ils ne se sentaient pas intellectuellement à la hauteur. Ils se demandaient comment des gars aussi jeunes connaissaient tant de choses, citaient des philosophes, des sociologues, analysaient les lois gouvernementales, comparaient les systèmes judiciaires de plusieurs pays et se servaient d'Internet en contournant les moteurs de recherches, des mouchards permettant de tout savoir de leurs goûts.

Peu à peu, les *historiques* comprirent quel parti ils pouvaient tirer de ces échanges. Car il s'agissait bien d'*échanges*. La jeune génération n'était pas là pour creuser un fossé, mais pour construire des passerelles. Les « vieux » avaient autant à apprendre qu'à enseigner. Pas une journée ne se terminait sans que Ténor ou Mativet, Titi ou Marie Aselmot n'expliquent, ne montrent, ne conseillent à un zadiste comment semer, récolter, soigner une chèvre malade ou fixer le prix des légumes vendus sur les marchés.

En seulement deux mois, la confiance avait succédé à la suspicion, au grand soulagement de Béa qui se sentait responsable de l'installation de Vadim et de ses camarades. Certains ne firent qu'un bref passage. D'autres s'investirent dans la lutte et restèrent en se fondant dans le paysage. Un œil extérieur aurait eu du mal à distinguer le gars du cru de la pièce rapportée. Vadim, par exemple, s'était étoffé, se jetant avidement dans chaque activité

78

en extérieur. Le premier à couper du bois. À débroussailler. À élaguer. À remplacer des tuiles. Comme s'il cherchait à rattraper le temps perdu dans son existence de citadin. Il devint, au fil du temps, un élément indispensable à la vie de la ferme avant même de transformer la révolte des agriculteurs en une lutte organisée qui avait pris le nom de ZAD.

Vadim terminait les plateformes dans les arbres, tandis que ses compagnons bloquaient les deux chemins en construisant des barricades avec un enchevêtrement de bois trouvé dans la forêt alentour. Mativet, au volant de son tracteur, positionnait de gros blocs de pierre quelques mètres plus loin, afin de créer un deuxième rempart pour ralentir la progression d'éventuels engins. Ténor le guidait avec de grands gestes, prenant soin de ne pas se faire rouler sur les pieds. Tous avaient en tête les images des blindés et des bulldozers pénétrant à Notre-Dame-des-Landes et détruisant tout sur leur passage.

À chaque fois qu'il accélérait pour bouger les énormes pierres, Mativet songeait à la tête des flics découvrant leur stratagème. Il en rigolait tout seul. Il n'avait pas ressenti une telle énergie en lui depuis longtemps.

Le dernier rocher calé, Ténor leva le pouce à l'intention de Mativet, puis enfouit les mains dans ses poches pour juger du résultat de leur travail. Il s'en félicita intérieurement.

Lui aussi détestait les flics. Son beau-père avait été CRS et lui avait filé des mandales durant toute son enfance.

25

Un CRS braqua sa torche sur la voiture. Le jet de lumière rebondit sur la vitre de la 4 L. Katia l'ouvrit en la faisant coulisser sur le côté. Elle exhiba sans attendre sa carte d'infirmière libérale. Le CRS examina le document, puis recula d'un pas et lui fit signe de passer.

— Vous n'êtes pas là, d'habitude. Il y a un problème ? demanda Katia.

Le CRS fit mine de ne pas l'avoir entendue.

Katia insista :

— Parce que s'il y a un problème, j'aimerais bien savoir lequel. Je ne veux pas me jeter dans la gueule du loup juste parce que je fais des piqûres, prétexta-t-elle.

Le CRS consentit à lui répondre :

— Ne vous inquiétez pas, y a pas de problème pour le moment... Allez, circulez maintenant.

Katia le gratifia d'un sourire niais et embraya.

Première, seconde, troisième, le moteur ronronnait quand elle franchit le barrage policier. Cinq cents mètres plus loin, elle accéda à l'entrée barricadée de la ZAD. Zaza la salua d'un geste de la main et ouvrit la grille de fabrication artisanale.

— Ben dis donc, vous risquez pas de vous échapper ! plaisanta Katia.

Zaza se rembrunit :

— Sont arrivés dans l'après-midi. Ça sent pas bon...

Une fois à l'intérieur du camp retranché, l'infirmière rejoignit Vadim, Béa, Oscar et Billy. Ils discutaient devant un brasero en fumant des cigarettes roulées. La conversation courait sur l'arrivée du camion de CRS devant l'entrée principale et des contrôles d'identité sur quiconque voulait entrer.

— Ah ! voilà Katia, on va lui demander, dit Vadim en se levant d'une vieille caisse en bois qui lui servait de siège.

— Salut, Katia, t'as été contrôlée en arrivant ?

L'infirmière embrassa Béa et Billy avant de répondre :

— Oui, j'ai montré ma carte professionnelle et il n'y a pas eu de problème. J'ai essayé de savoir ce qu'il fichait là, mais pas moyen de lui tirer les vers du nez.

Oscar, installé sur une caisse à outils, se redressa pour embrasser Katia à son tour.

— Et en ville, c'est comment ? demanda Béa. On pensait y faire un tour pour voir.

— Il ne se passe rien, répondit Katia. C'est très calme, raison pour laquelle j'ai été hyper étonnée en voyant le CRS en poste devant la grille.

Vadim, resté debout, faisait les cent pas au milieu du cercle formé par ses amis, passant et repassant devant eux.

— Eh, mec, tu veux pas te poser une seconde ? C'est hyper stressant ton *come and go*, s'agaça Billy.

Vadim cessa en s'excusant. Il réalisait toujours trop tard que cette mauvaise habitude de réfléchir en faisant de rapides aller et retour sur une petite distance était insupportable pour les autres. Béa lui tendit la main et l'attira vers elle. Il s'accroupit à ses pieds. Katia s'assit sur la caisse en bois.

— Est-ce qu'ils ont cru qu'on tenterait quelque chose pendant la réunion publique et qu'ils ont voulu se protéger ? hasarda Oscar.

— Si c'était le cas, les CRS seraient venus le matin. Pas à 14 heures. Ça n'a aucun sens. Sauf si c'est encore un coup de pression, commenta Vadim.

Katia hésita à prendre la parole, mais c'était la raison de sa présence :

— Je suis allée chez la petite Ronsac tout à l'heure...

— La chérie de Vadim, s'amusa Béa. Comment elle va ?

— Elle assure que l'expulsion n'est pas pour tout de suite.

— Qu'est-ce qu'elle en sait ? s'irrita Vadim.

— C'est la fille du maire, quand même... lui rappela Béa.

Vadim secoua la tête. Fille du maire ou pas, c'était surtout une adolescente capricieuse et gâtée qui, sans l'aide de la boulangère et de Katia, aurait pu leur causer beaucoup d'ennuis. Toutefois, elle avait apporté les plans cadastraux dont l'étude avait permis de sécuriser les anciens chemins d'accès. Elle n'en restait pas moins un élément incontrôlable. Pire, Lou n'était-elle pas manipulée par son père pour les induire en erreur ?

— Ça, je n'y crois pas une seconde ! s'exclama Katia.

Vadim ne la laissa pas poursuivre, souhaitant terminer sa démonstration, et se leva :

— Dans le cas où Lou serait une sorte d'agent double, nous pouvons supposer qu'attirer notre attention sur les vieux chemins avait pour but de la détourner... Mais de la détourner de quoi ? À découvrir...

Vadim lissa une moustache imaginaire et se rassit avec un petit sourire sur les lèvres.

— OK, Sherlock, dit Billy, tu crois donc à la possibilité que Lou soit à la fois jeune, capricieuse et terriblement... *demonic...* Merde, comment vous dites ?

— *Niaque, démoniaque*, le sauva Béa.

— Oui, démoniaque. Moi, je ne crois pas que cette fille soit capable de faire tout ça. Ou alors il faut lui donner un prix au Festival de Cannes.

Béa et Katia acquiescèrent de concert.

— Perso, j'en sais rien. Je l'ai juste entraperçue, intervint Oscar.

— Franchement, je pense qu'elle est au premier degré : exaltée et... amoureuse de toi... Une version moderne de *Roméo et Juliette*, blagua Béa.

82

— Sauf que dans la pièce, Roméo aime Juliette, la reprit Vadim. *Là*, elle le gonfle.

— Je suis désolée de te le dire, mais, croyant bien faire, j'ai donné ton numéro de portable à Lou, intervint Katia d'une traite en regardant Vadim bien en face.

Les flammes du brasero projetaient des ombres fantasques sur leurs visages. Le jeune homme se figea.

— Alors, c'est elle qui m'a envoyé un message… Putain, Katia ! Pourquoi t'as fait ça ?

Katia grimaça, une manière de dire qu'il n'y avait plus rien à faire.

Vadim laissa tomber. Ses camarades pensaient que l'expulsion n'était pas pour tout de suite…

Il était presque déçu. Elle aurait forcément lieu. Il souhaitait que ça arrive vite pour en finir avec cette putain d'attente interminable qui vrillait les nerfs et usait la patience.

26

Vincent Ronsac ne parvenait à trouver le sommeil. Son esprit passait d'un état à l'autre sans qu'il ne réussît à le fixer. Durant quelques minutes, il rêva à ce qu'il ferait avec ces 50 000 euros tombés du ciel. Il se surprit à envisager une liaison avec Jeanne, une de ses employées pas très sexy. Il fut soudain saisi d'angoisse. De violentes remontées acides lui brûlèrent le larynx, des fourmillements parcoururent ses mâchoires. Il écouta les battements de son cœur, persuadé qu'il faisait un infarctus. À tâtons, il chercha sous la couette la main de Lydie. Il hésita à la réveiller pour qu'elle appelle le SAMU. Ses pensées se bousculèrent. Il l'imagina ouvrir les yeux à sept heures du matin et le découvrir mort et froid.

Lydie lui tournait le dos. Il effleura du bout des doigts ses reins. Elle ne broncha pas. Les fourmillements avaient cessé. Il inspira profondément, posa sa main sur son sexe en érection... Cette découverte le surprit agréablement. Cela faisait si longtemps que sa sexualité était en sommeil. S'il était tout à fait honnête, il n'y pensait jamais. Il fut presque gêné que ses élucubrations qui le mettaient en scène avec Jeanne aient produit ce durcissement. Il se caressa un moment, changea de main pour toucher à nouveau la croupe de son épouse. Il se demanda s'il ne devait pas basculer sur le côté pour se coller à elle. Ses doigts rencontrèrent le coton de la culotte qu'elle avait pris l'habitude d'enfiler pour dormir à l'époque où Lou s'était mise à débouler dans leur chambre au milieu de la nuit, en prise avec d'affreux cauchemars. Une culotte rose pâle enfantine qu'elle avait dégotée Dieu sait où et qui ne ressemblait pas aux sous-vêtements soyeux qu'elle portait le jour. Il demeura sur le dos, ferma les yeux et s'astiqua avec vigueur en retenant sa respiration pour ne pas être entendu. Il visualisa le décolleté de Jeanne, les jambes de la secrétaire de mairie, les strings de Lydie sur la corde à linge. Malgré ses efforts, il n'arrivait pas à conclure. Alors, il repensa au dernier film porno qu'il avait regardé en culpabilisant quand Lydie était à la maternité et, enfin, éjacula.

Cela faisait seulement cinq minutes qu'il était dans la cuisine, adossé au plan de travail après avoir bu de l'eau directement au robinet, les yeux hagards, qu'une sonnerie le fit tressaillir. Il ne comprit pas tout de suite d'où venait ce bruit incongru à cette heure-ci. Son portable ! Laissé la veille au soir sur la table basse du salon. Vincent quitta la cuisine avant que *La truite* de Schubert ne réveillât toute la maisonnée. L'horloge affichée sur la page d'accueil du combiné indiquait 2 h 20.

Il décrocha.

27

— Vous occupez illégalement ce terrain ! Nous vous demandons de le quitter immédiatement et dans le calme ! Sinon, nous serons contraints de vous expulser par la force !

Régis Mativet venait de sortir pisser comme il le faisait tous les jours à l'aube. Il eut le réflexe de reculer ses pieds. Un peu plus et il s'aspergeait les bottes d'urine. Replaçant son sexe à la va-vite dans son pantalon, il courut vers la grange où logeaient Béa et Vadim. Il n'eut pas besoin de cogner. La porte s'ouvrit sur un Vadim réveillé en sursaut qui terminait d'enfiler un tee-shirt, suivi bientôt par Béa, déjà vêtue d'une combinaison de travail maculée de peinture.

— Putain, les salauds ! Ils sont là ! éructa Mativet.

— On a entendu ! Mais quel est le con qui était de garde ? pesta Vadim en se chaussant.

Sans attendre de réponse, il suivit Mativet, Béa sur ses talons.

Il aurait aimé que tous se réunissent une dernière fois pour rappeler les consignes, mais dehors, ça courait dans tous les sens – spécialement dans n'importe lequel. Il y eut un moment de chaos général avant que chacun retrouve ses esprits et comprenne de quoi il retournait. La voix du commandant de gendarmerie tonnait dans le mégaphone. Les coups de marteau de ses mots résonnaient horriblement sur les crânes embrumés et les estomacs en mal d'un bol de café.

Pareil à une réponse tardive à la première question de Vadim, Billy s'élançait vers lui en hurlant :

— Je me suis endormi ! Merde ! J'ai tenu toute la nuit et je me suis endormi !

Vadim l'arrêta d'un geste. Il n'était plus temps de se perdre dans des *mea culpa* stériles. La ZAD était assiégée. Les flics encerclaient le camp et n'hésiteraient pas donner l'assaut si on ne leur obéissait pas.

28

Titi Aselmot n'avait rien prémédité. Pire, cela faisait longtemps qu'il s'était accommodé de l'idée de ne pas défendre ses
terres le jour où…

Il clopait, accoudé à la fenêtre du salon de l'appartement de
son frère où la famille logeait depuis leur départ de la ferme. Il
ne pensait à rien. La fumée pénétrait ses poumons et ressortait
en volutes blanches par ses narines et sa bouche. Il en avait repris l'habitude depuis son installation en ville. Des roulées,
âcres, qu'il consumait jusqu'à se brûler les lèvres. Par punition,
peut-être, il n'en savait trop rien. Dix ans qu'il n'avait pas tiré
sur une sèche.

Il se sentait absent, transparent, vaincu et sans désir de combattre. Quitter sa ferme et ses amis avait été un crève-cœur, mais
qu'on le prenne pour un lâche l'avait démoli. Depuis, il errait au
hasard de ses journées, sans intérêt pour son avenir, entre les
quatre murs d'un appartement qui l'étouffait. Vincent Ronsac
lui avait promis un job, mais il n'était plus certain d'en vouloir.
À quoi bon ? Il n'avait jamais eu de patron et ne se croyait pas
capable d'obéir à quelqu'un. Croiser un des zadistes ou un des
anciens, *les historiques*, comme on les appelait, le terrorisait. La
honte d'avoir vendu ses terres pour de l'argent le réduisait à la
condition d'un Judas.

Bien sûr, il y avait Marie. Elle l'aimait et le lui rappelait souvent. Il la surprenait parfois en train de le regarder, une ride inquiète creusée entre ses sourcils. Il aurait dû la rassurer, lui prouver qu'il était toujours l'homme vaillant et courageux qu'elle avait
épousé. Il n'en avait plus la force. C'était lui qui s'était résolu à
vendre, et quand il lui avait annoncé que sa décision était prise,

un beau matin en partant faire le marché, elle ne l'avait d'abord pas cru, persuadée qu'il ne pouvait vivre ailleurs que dans sa ferme. Il avait alors avoué qu'élever ses enfants dans un camp retranché avec la trouille au ventre d'être délogés manu militari lui était insupportable. Dauman, le promoteur, avait clairement expliqué comment les choses finiraient, que Titi le veuille ou non. Après les propositions de transactions, le droit s'appliquerait. Les plus forts auraient gain de cause, même s'il fallait en passer par la violence. Les Aselmot ne faisaient pas partie du camp des vainqueurs, quoiqu'en pensaient Mativet et Ténor, l'esprit galvanisé par les théories révolutionnaires de Vadim et de sa bande. Étrangement, Titi ne s'était jamais vraiment intégré aux zadistes. En constatant que Mativet et Ténor parlaient d'égal à égal avec eux, Titi en avait nourri un complexe d'infériorité.

Aujourd'hui, se sentant totalement désincarné, il ne se souvenait plus à quel point il avait aimé ses propres enfants. Leur naissance avait boosté sa vie. « Les gosses, pour se lever le matin pour aller bosser, c'est le meilleur des coups de pied aux fesses ! » affirmait-il, satisfait de leur construire un patrimoine. Toute cette imagerie des années heureuses ne lui évoquait plus rien. Il les regardait vaquer dans l'appartement avec indifférence, dormant parfois sur le canapé quand ils rentraient de l'école. Même leurs câlins le laissaient de marbre.

D'une pichenette, il jeta ce qu'il restait de sa cigarette en contrebas dans la rue. Dans la nuit noire, il ne parvint pas à distinguer la trajectoire de son mégot, quand le ronflement d'un moteur attira son attention sur sa droite. Des faisceaux strabiques de phares éclairèrent la chaussée déserte. Titi comprit aussitôt que l'évènement tant redouté était arrivé. Il était 4 h 50 à l'horloge du lecteur de DVD et des camions de CRS traversaient Paunac en direction de la ZAD.

Pour ne pas réveiller Marie, il partit sans se changer, en tee-shirt et pantalon. Il se chaussa d'une paire de baskets qui appartenait à son frère et traînait dans l'entrée.

Dans la rue, il réalisa qu'il avait oublié les clés de sa voiture. Remonter à l'appartement était bien trop risqué – Marie, habituée à ses insomnies, avait le sommeil léger. Il se mit à courir. Comme à 15 ans quand il rejoignait ses copains sur la grande place alors que ses parents le croyaient en train d'arracher les fèves. Malgré ses 25 ans de plus, pas mal de nicotine dans les artères et d'alcool dans les veines, il ne se débrouilla pas trop mal. En vingt minutes, le souffle un peu court, il sortit de Paunac et avala la départementale menant à la ZAD. Plus il s'en approchait et mieux il distinguait les phares des camions de CRS garés devant les grilles, tandis que des cris, d'abord lointains, s'élevaient dans l'aube naissante, des cris agrémentés de coups sourds.

Enfin, il arriva à proximité de l'entrée.

Un barrage de CRS casqués et en armes la bloquait. Titi s'arrêta avant de risquer d'être vu. Il se dirigea sur le côté, là où s'élevaient les palissades, et s'accroupit. Il connaissait le terrain mieux que ces robocops déshumanisés, se rassura-t-il en rampant dans une buse d'évacuation des eaux pluviales. Celle-ci conduisait à l'orée du camp. Il entendit les CRS monter à l'assaut en frappant leurs tonfas sur leurs boucliers. Le boucan assourdissant avait pour but d'impressionner les adversaires.

Titi n'avait plus peur. Il souhaitait par-dessus tout participer au combat des zadistes et ainsi prouver qu'il n'était pas un lâche. Il était prêt à mourir pour la ZAD avec ses camarades de lutte.

Il parvint à s'extraire de la buse. Les parois de béton avaient déchiré son tee-shirt à la hauteur des épaules sans qu'il s'en aperçût. Il lui restait une vingtaine de mètres à parcourir à découvert avant de rejoindre les zadistes.

— Qu'est-ce que vous foutez là, bon Dieu !

Titi marqua un temps d'hésitation qui lui fut fatal. Un capitaine se précipitait sur lui. En trois enjambées il l'empoigna par le col de son tee-shirt et le balança dans les bras de deux gendarmes qui accouraient à sa suite. Titi se débattit, en vain. Le capitaine ordonna à ses hommes de ramener ce civil vers l'arrière. Il n'avait rien à faire ici.

— Je devrais vous faire embarquer... menaça-t-il.

Titi fut reconduit sans ménagement derrière la ligne de CRS qui barrait l'accès à la ZAD. Balancé comme une quantité négligeable derrière ce cordon, il atterrit sur les genoux, les deux mains en avant. Un gendarme lui intima l'ordre de rentrer chez lui sans faire de difficultés. L'énergie qui avait animé Titi depuis qu'il avait vu le camion traverser la ville l'avait quitté. Il se releva péniblement et baissa les yeux. Au loin, on entendait des cris, des appels, des explosions. L'ancien maraîcher ne put retenir ses larmes, mélange d'humiliation et de tristesse.

Une fois encore, Titi Aselmot avait échoué.

Il pleura et s'apitoya sur son sort devant une rangée de CRS imperturbables. Des minables comme ce pantin, les flics en voyaient tous les jours...

29

La grille plia sous la pression des CRS. Les premières barricades cédèrent et les zadistes battirent en retraite. Ils ne concédèrent que quelques mètres, il fallait tenir coûte que coûte. Billy, catapulte en action, expédiait des bouses sur les assaillants, Martin et Anne-So, des pierres, et Zaza, tout ce qui lui tombait sous la main. Oscar, le geek, plus habitué à un clavier d'ordinateur qu'à la confrontation physique, hurlait à la fois de peur et de colère en balançant des giclées de boulons dont il avait garni ses poches. Les flics progressaient. Leurs boucliers paraient les projectiles de toutes sortes qu'ils recevaient par dizaines. Tonfas en action, ils moulinaient pour se frayer un passage à travers la haie hostile des zadistes. Des grenades lacrymogènes éclatèrent en fusant à ras du sol. Des lanceurs de balles de défense étaient utilisés et certains tirs étaient à hauteur d'homme. Une jeune femme fut atteinte au maxillaire. Elle s'effondra en hurlant de douleur. Elle porta ses mains au visage et le sang les recouvrit aussitôt. Quelqu'un cria : « *Médic ! Médic !* » Deux silhouettes bardées de masques à gaz apparurent de la nuée de lacrymogène. Elles empoignèrent la blessée et l'évacuèrent vers la grange servant d'infirmerie de fortune. Ils la déposèrent sur une bâche à même le sol avant de repartir au combat. Gabriella, une Italienne trentenaire, se baissa vers elle avec difficulté. Une attelle maintenait son genou, l'empêchant de courir et de demander de l'aide aux deux hommes. Elle n'avait aucune connaissance médicale particulière. On l'avait parachutée là à cause de sa jambe qui la rendait inapte à l'affrontement avec les forces de l'ordre.

Gabriella imbiba de désinfectant un carré de coton. À force de *chut, tutti va bene,* elle réussit à calmer la jeune femme qui dévoila enfin son visage ensanglanté. Une large plaie l'entaillait du lobe de l'oreille à la commissure des lèvres.

— *Chut, tutti va bene…*

À l'extérieur, une poignée de zadistes s'abritaient derrière un barrage d'engins agricoles. Combien de temps encore pourraient-ils résister à l'assaut ? Un Titus, véhicule blindé d'intervention, s'élança en faisant rugir son moteur. Le choc frontal avec le tracteur de Mativet fut d'une extrême violence. L'engin agricole recula dans un bruit de ferraille tordue avant de s'immobiliser lorsque le Titus changea de cible.

S'arrachant de la masse défensive des tracteurs, Vadim entraîna Béa à sa suite. Elle résista, refusant d'abandonner son père à son sort. Vadim l'obligea brutalement à le suivre. Son objectif était de rejoindre au plus vite les chemins d'accès piégés. Dès les premiers ultimatums assénés au mégaphone, un groupe de zadistes s'était rendu sur place. Vadim craignait que les CRS n'aient entamé une percée de ce côté-là.

Ils coururent, dos courbé, haletant sous les masques à gaz. Ils zigzaguèrent afin d'éviter les CRS qui, à coups de matraque, montaient au corps à corps. Boucliers en protection, les flics encaissaient, paraient les manches de pioches, de bêches, les chaînes et les bâtons. Billy saignait abondamment. Un coup de tonfa lui avait ouvert le cuir chevelu. Groggy, il assistait à la bataille rangée, tapi derrière les débris de sa catapulte explosée, réduite à néant dès le premier assaut.

Vadim et Béa parvinrent dans les bois au moment où un groupe d'intervention prenait en tenaille les zadistes. Les véhicules militaires étaient fort heureusement bloqués par les blocs de pierre installés la veille par Mativet et Ténor. Les gendarmes remontaient à pied le sentier, espacés les uns des autres d'une longueur de bras quand soudain le chemin prit feu. Vadim avait enflammé les ornières remplies de branchages gorgés d'essence. Une grande expiration brûlante et asphyxiante enveloppa les assaillants. Y succéda une volée tendue de pierres. Perchés dans les arbres, à l'abri dans les cabanes, les zadistes canardaient les CRS de toute leur hauteur.

— Chargez ! ordonna à ses hommes le gradé commandant l'assaut.

Mais contre qui ? Des fantômes ? Les gendarmes obéirent, baissèrent la tête et foncèrent à l'aveugle.

Vadim et Béa balancèrent des fumigènes de fabrication maison. Un brouillard artificiel et opaque aveugla encore davantage les gendarmes qui stoppèrent net leur offensive, tandis que les projections de pierres redoublaient.

— Retrait ! Retrait ! hurla le gradé à ses hommes.

Sa voix enrayée par la fumée astringente des fumigènes se cassa. On l'entendit tousser à s'en arracher les poumons. Les gendarmes reculèrent comme un seul homme. À leur grand soulagement, les zadistes n'eurent pas à se servir des cocktails Molotov qu'ils prévoyaient d'utiliser en dernier ressort, au cas où leur ligne aurait été enfoncée.

Au camp principal, dans une pagaille indescriptible, les forces en présence en décousaient toujours. Mativet, perché sur son tracteur endommagé par le Titus, se défendait de son mieux contre deux CRS. Ceux-ci s'acharnaient à l'en faire descendre manu militari. Au-dessus de sa tête, Régis faisait tourner une barre qui, pour l'instant, les tenait à distance.

Un des deux CRS arma son LBD et visa l'agriculteur.

Instinctivement, Mativet se retourna de trois quarts. Une tentative désespérée d'évitement. Lancée à plus de 400 kilomètres à l'heure, la balle en caoutchouc l'atteignit entre les omoplates. Il grimaça de douleur et porta ses deux mains à son cœur. Il ouvrit grands les yeux dans une expression de stupéfaction mêlée de souffrance. Respiration bloquée, il dégringola de tout son poids du haut du tracteur.

— *Médic ! Médic !* hurla Billy.

Impuissant, le jeune homme venait d'assister à la scène. Il se précipita au secours de Mativet, inconscient.

Un silence pesant s'abattit brutalement sur le camp.

30

Le hurlement strident d'une sirène fit sursauter Marie. La veille au soir, elle avait avalé un somnifère. Depuis qu'ils habitaient en ville, Marie était sujette à des insomnies. Son médecin traitant lui avait prescrit des benzodiazépines à faible dose afin d'éviter toute accoutumance.

Marie chercha son époux dans le lit. D'une main fébrile, elle tâtonna, pour finalement constater que les draps étaient froids à l'endroit où aurait dû se trouver son mari. Elle demeura un instant les yeux ouverts. L'obscurité régnait dans la chambre aux volets fermés. Aucun rai de lumière ne traversait les lames des persiennes. Quelle heure pouvait-il bien être ? 6 h ? 7 h ? Marie s'arma de courage pour affronter une nouvelle journée. *« C'est une mauvaise passe, ça va changer »*, se répétait-elle à la manière d'un mantra.

Leur précarité, aussi bien matérielle que psychologique, n'avait que trop duré. Marie craignait de craquer. Combien de fois avait-elle secoué Titi ? Ne l'avait-elle pas mis face à ses contradictions ? Malheureusement, dès qu'elle engageait la conversation sur le terrain de leur avenir, Marie se heurtait au mutisme têtu de son mari. Et puis, combien de temps squatteraient-ils cet appartement ? Le frère de Titi n'avait jamais terminé les travaux. Les murs de leur chambre d'amis n'étaient pas repeints. Le lino inchangé depuis le départ de l'ancien locataire. Tout respirait le vieux et le provisoire. L'inertie de Titi la désespérait. Pourtant, ils avaient l'argent du promoteur, un montant suffisant pour croire en l'avenir. Ils auraient dû visiter des tas de maisons. Marie rêvait d'une construction neuve avec une véranda et un garage qui donnerait sur la cuisine, pratique pour transvaser les sacs de courses. Un petit jardin pour les enfants – elle avait promis que leur père installerait une balançoire et un panier de basket au-dessus de la porte du garage. Pour elle, Marie escomptait un emploi stable dans un bureau, un CDI. Ronsac en avait promis un à Titi. Sûrement le placerait-il à la Communauté de Communes… Elle s'imaginait déposer les enfants à l'école, vêtue comme une citadine, et pas en bottes crottées et les mains calleuses. D'ailleurs, dès que son époux irait mieux, elle s'offrirait une manucure et le coiffeur. Oui, avoir des horaires réguliers, des jours de congé, de vrais week-ends. Ne plus se préoccuper de la météo. Ne plus charrier de cageots. Ne plus avoir mal au dos. Bien sûr, la campagne lui manquait, mais rien ne les empêcherait le dimanche de se promener en forêt, de faire du vélo et de pique-niquer dans l'herbe.

Il n'y avait pas si longtemps, Titi lui avait dépeint cette nouvelle vie. D'abord, elle n'y avait pas cru. La ferme représentait tout pour eux. Ils n'avaient jamais pensé vivre autrement. Ses parents élevaient des canards dans le Gers. L'été, ils sillonnaient les marchés de producteurs. Elle les accompagnait pour leur donner un coup de main. Sur le marché nocturne de Périgueux, un 15 août, elle avait rencontré le jeune Thierry Aselmot. Lui aussi aidait ses parents. Plus chevelu qu'aujourd'hui, le visage légèrement arrondi, mais le même regard d'un bleu délavé qui lui donnait un air tendre. Ils s'étaient revus à l'occasion d'un marché de Noël. Ils avaient échangé leur premier baiser derrière un stand de tir à la carabine. En janvier, Marie annonçait à sa famille qu'elle arrêtait ses études de comptabilité et s'installait chez les Aselmot, à Paunac. Ils cherchaient une employée pour remplacer Ginette Aselmot, la mère de Thierry, qui venait de mourir à 53 ans d'une embolie pulmonaire. Marie avait 17 ans. Titi, 19. Elle avait déjà couché. Titi aussi. Ensemble, ils avaient connu le véritable amour, et enfin, la tendresse. Dix ans après l'installation de Marie à la ferme, Raymond Aselmot succombait à sa troisième crise cardiaque. La jeune femme, qui pourtant l'aimait beaucoup, s'était enfin sentie chez elle. À 27 ans et mariée, elle attendait leur premier enfant.

Comme ça lui semblait loin, aujourd'hui !

Marie se leva. Il était temps de réveiller les enfants et de les préparer pour l'école. Titi végétait certainement dans le salon, avachi sur le canapé ou dans un fauteuil. Marie enfila un bas de jogging, celui qu'elle portait quand elle traînait à la maison. Elle ajusta son tee-shirt sous la ceinture élastique, glissa ses pieds dans ses chaussons et quitta la chambre.

Dans le salon, la fenêtre était ouverte. L'air frais du matin faisait voleter les rideaux en voilage grisâtre. Marie envisagea de profiter de l'absence de son beau-frère pour les décrocher et les passer à la machine à laver avec une bonne dose d'eau de Javel.

— Titi ! Titi ! T'es où ? lança-t-elle en se dirigeant vers la cuisine.

Personne. Rien n'avait bougé depuis la veille au soir.

Elle décida de jeter un œil à la chambre du frère de Titi. Peut-être son mari s'y était-il installé ?

— Titi ?

Elle y entra et alluma le plafonnier. Personne, encore.

En sortant, elle avisa un filet de lumière qui filtrait sous la porte de la salle de bains.

— Titi, t'es dans la salle de bains ?

Pas de réponse.

Marie retourna à la cuisine préparer du café. Elle sortit le beurre du réfrigérateur, prit quatre bols dans le placard mural et les posa sur la table recouverte d'une toile cirée décorée de coqs et de poules. Elle pensa à sa propre vaisselle rangée dans les cartons du déménagement entreposés dans la cave de l'immeuble. Leur mobilier prenait la poussière et elle détestait ça.

Marie craignait que cet arrangement temporaire ne se prolongeât. Elle décida qu'une fois les enfants à l'école, elle parlerait sérieusement à Titi. Elle le forcerait à se bouger.

Le voyant de la cafetière électrique passa au vert. Le café était prêt.

— Titi, le café est servi ! cria-t-elle.

Elle tendit l'oreille. Pas un son ne lui parvenait de la salle de bains. Ni écoulement d'eau ni objets qu'on entrechoque. Mais que pouvait-il bien fabriquer ?

Sujette à un soudain pressentiment, l'angoisse la submergea. Elle courut jusqu'à la salle de bains, frappa à la porte et, finalement, posa la main sur la poignée. Elle marqua un temps d'hésitation, puis appuya et la poussa.

La lumière crue du néon éclairait la pièce. Le cœur de Marie s'arrêta de battre. Titi était pendu à la robinetterie du lavabo. Un cordon de fil à linge enserrait son cou. Ses genoux repliés sous lui. Aux pieds, une paire de chaussures qui n'étaient pas les siennes. Empâtées de boue, elles avaient maculé le sol de traces de pas. Le buste en équilibre. Les bras pendants et les doigts recroquevillés sur les paumes. Ses yeux grands ouverts formaient deux écrans opaques dans lesquels se reflétait le carrelage blanc de la salle de bains.

Quelques secondes d'une irréalité fantomatique s'égrenèrent au ralenti, puis ce fut un cri. Un cri de bête.

Titi s'était suicidé.

31

À l'issue de l'appel du préfet à 2 h 20 du matin, lui annonçant que l'expulsion aurait lieu à 6 h, heure légale, Ronsac n'avait pas retrouvé le sommeil. Sa présence sur les lieux n'était pas souhaitable, l'avait-on averti.

Le visage fermé, inquiet, il arpentait son salon en mesurant les risques encourus. Sa responsabilité d'édile était engagée. La charge pesait sur ses épaules comme jamais. Le *devoir* n'était plus qu'un mot en comparaison du sentiment de culpabilité qui l'assaillait. Avait-il raison de croire que la construction d'un centre commercial participerait à l'essor de la commune ? Surtout, quelle que soit la façon dont il analysait les faits, Ronsac parvenait toujours à la même et navrante conclusion : aujourd'hui, il était un corrompu. L'image de l'enveloppe le hantait. Il ne pouvait se confier à personne. Pas même à Lydie. Moins encore, peut-être…

Dans les rues de Paunac, les sirènes du SAMU tonitruèrent. Ronsac blêmit. Il jeta un coup d'œil à son portable. Personne ne tentait de le joindre. Comment était-ce possible ? Personne ne croyait utile de le tenir au courant des évènements. Sérieusement ? Lui, le maire de Paunac ? Il hésita à joindre la gendarmerie afin de prendre des nouvelles. Ou mieux, à se rendre sur place. L'attente était insupportable. Pour tromper son anxiété, il se plongea une fois encore dans la lecture de *Sud Ouest*, trouvé, comme chaque matin, sur le paillasson à l'entrée. Il le feuilleta, debout, à côté de la télévision.

Lou déboula, affolée. Elle était vêtue d'une petite nuisette en coton lui arrivant à mi-cuisses.

— C'est quoi ces sirènes ?

— *Bonjour, papa...* répondit Ronsac sans lever les yeux du journal.

— Oui, bonjour... Alors, c'est quoi les sirènes ? Qu'est-ce qui s'passe ?

— Il y a dû avoir un accident... Tu veux que je te prépare ton petit-déjeuner ? proposa son père d'un ton léger.

Il se dirigea déjà en direction de la cuisine en prenant soin de ne pas croiser le regard de sa fille. S'il pensait ainsi lui échapper, c'était bien mal la connaître.

Lou était non seulement tenace, mais elle était perspicace. La communication non verbale de son père démontrait qu'il mentait. Il ne la regardait pas. Ne répondait pas à ses questions. S'exprimait une octave au-dessus de sa voix habituelle. Proposait de lui préparer un chocolat chaud. Et était encore à la maison à presque 8 h du matin un jour de semaine. Soit il avait trucidé sa femme et attendait que Lou parte au lycée pour tranquillement la découper en morceaux et les glisser dans des sacs-poubelle qu'il irait jeter dans la Dordogne – depuis qu'elle avait découvert les romans de Stephen King, Lou voyait la vie avec les yeux d'un profileur blasé – soit...

— La ZAD ! T'es en train d'expulser la ZAD ! s'écria-t-elle.

Elle attrapa la chemise de son père pour l'obliger à lui répondre. La bouteille de lait qu'il tenait dans sa main faillit se renverser. Il la redressa in extremis. D'un geste agacé, Ronsac repoussa Lou.

— Mais tu es folle de crier comme ça ! Qu'est-ce qui te prend ?

— T'es en train d'expulser la ZAD ? Dis-moi la vérité ! l'adjura Lou.

Submergée par le trop-plein d'émotions – un mélange d'angoisse de ne pouvoir prévenir Vadim, de culpabilité de l'avoir induit en erreur et de colère que la décision vienne de son propre père – l'adolescente éclata en sanglots.

Alertée par ce qu'elle supposait être une énième dispute entre le père et sa fille, Lydie, qui paressait au lit depuis plusieurs minutes, entra à son tour dans la cuisine. À la hâte, elle avait enfilé son vieux peignoir de bain, un vêtement court à capuche d'un rose bonbon un peu délavé qui lui donnait l'air d'avoir douze ans.

— Bon sang, c'est quoi tous ces cris ? demanda-t-elle en fronçant les sourcils.

Lou s'accrocha à sa mère comme à une bouée de secours.

— Papa expulse la ZAD ! glapit Lou, de la morve plein le nez.

Interdite, Lydie dévisagea son mari, les reins collés contre le plan de travail, la bouteille de lait toujours en main et l'air coupable.

— Là, maintenant ? l'interrogea-t-elle d'un ton sec inhabituel.

Acculé et pitoyable, Ronsac hocha la tête, comme à regret. Il lui fallait se ressaisir, asseoir sa position de mâle dominant, les regarder de haut pour leur rappeler qu'il œuvrait pour des causes qu'elles ne pouvaient comprendre. Il était maire et chef de famille, merde ! Sans lui, elles ne profiteraient pas d'une vie dorée à l'or fin et offerte sur un plateau sans qu'elles aient à lever le petit doigt ! Pourquoi ne le respectaient-elles pas ?

Lâchant sa mère, Lou se jeta sur son père et le secoua de toutes ses forces.

— Ça te fait bander, hein ? D'être à la solde du capitalisme, espèce de sale connard ! l'injuria-t-elle.

Même Lydie, bien qu'elle n'éprouvât que mépris pour son mari, fut choquée par les paroles de sa fille.

— Lou… s'il te plaît, bredouilla-t-elle, sans trouver la force d'élever la voix.

Est-ce parce que jamais personne ne l'avait insulté ainsi ou parce que sa fille faisait mention de son sexe ? Trop confus pour faire le tri, Ronsac trouva en lui l'énergie nécessaire pour balancer la bouteille de lait par terre. Elle s'écrasa avec fracas sur le carrelage, éclaboussant au passage le mur de la cuisine. Lou s'écarta d'un bond. Ronsac en profita pour lui asséner une gifle cinglante. Puis il quitta la cuisine sans dire un mot.

Lydie, médusée, et Lou – sa joue la brûlait – se regardèrent, estomaquées par la réaction de Vincent.

— Ma fille, tu l'as cherché… soupira Lydie dont les pieds nus trempaient dans le lait et les débris de verre.

32

Dans la rue, Marie Aselmot courait hors d'haleine. Arrivée devant l'entrée de la maison des Ronsac, au bord de l'évanouissement, elle pressa le bouton de la sonnette.

Lydie finissait de laver le carrelage de la cuisine et rouspéta intérieurement. Hors de question qu'elle aille ouvrir et se montre en peignoir, les pieds collants de lait et les cheveux emmêlés. Quant à Lou, après la remarque de sa mère qui ne faisait que confirmer que ses parents se valaient, elle avait couru jusqu'à sa chambre dont elle avait claqué la porte derrière elle avant de se jeter sur son lit. Allongée sur le ventre, un oreiller sur la tête, elle pleurait en imaginant ce que devait endurer Vadim et ce qu'il pensait d'elle.

Réfugié dans la salle de bains, Vincent Ronsac se rasait, encore galvanisé par la gifle méritée assénée à sa fille. Il ne broncha pas au premier coup de sonnette, Lydie se précipiterait certainement pour ouvrir. Les sonneries se répétèrent, Vincent posa son rasoir électrique sur le bord du lavabo, versa une généreuse rasade d'after-shave dans la paume de sa main et s'en tapota les joues. Enfin, il se dirigea vers la porte d'entrée.

Qu'allait-on lui annoncer ?

Traversant le salon, il se convainquit qu'on lui apportait de mauvaises nouvelles de l'expulsion. Une suée froide l'envahit.

Il ouvrit la porte d'entrée, préparé à faire face à un émissaire de la gendarmerie.

Marie Aselmot était devant lui, défaite, couverte d'une sueur grasse qui lui coulait dans le cou.

— Marie ? Qu'est-ce qu'il y a ?

La femme se jeta dans ses bras. Ronsac la retint de justesse et l'aida à se redresser.

— Ti... Ti... Titi... bafouilla-t-elle.

Son visage blême effraya Ronsac.

— Quoi, Titi ?

Marie ferma les yeux. Des larmes en jaillirent. Elle les rouvrit et son regard se perdit loin derrière le maire. Ronsac hésitait à lui proposer d'entrer quand Marie le devança, le bousculant sur son passage.

Il l'entendit ânonner d'une voix blanche :

— Titi est mort.

33

Titi était son sixième suicidé.

Découvrant son corps, suspendu à la robinetterie du lavabo, Ronsac manqua de défaillir. Pourtant, il avait déjà vu pire. Bien pire. Six mois après son élection, Jeannot Guérin s'était tiré une balle dans la bouche, éclaboussant de sang et de fragments de cervelle le mur derrière lui. Solange, son épouse, s'était précipitée en entendant la détonation. Elle était restée longtemps prostrée et incapable de réagir. L'infirmière à domicile, la vieille Lorette, venue faire les prises de sang mensuelles du couple, avait découvert le carnage en débarquant chez eux. En se rappelant l'évènement, Ronsac pouvait encore sentir l'odeur de sang, âcre et puissante.

Aujourd'hui, en observant Marie serrer ses enfants contre elle pour les soustraire à la levée du corps de leur père, Ronsac se demandait si le suicide de Titi rimait à quelque chose. Pourquoi ? Il lui était difficile de répondre à cette question. Vincent lui avait promis un travail. Sa ferme avait été rachetée à un prix raisonnable. Marie était une épouse aimante, les enfants mignons comme tout. Pourquoi tout saboter en se suicidant ?

Ronsac soupira, à la fois exaspéré par le geste absurde de Titi et rempli de commisération pour sa femme et ses gosses. De l'encadrement de la porte séparant la pièce du couloir menant à la salle de bains, Vincent tourna la tête pour s'assurer du travail des employés des pompes funèbres. Ils remontaient la fermeture éclair de la housse noire dans laquelle se trouvait la dépouille du pauvre Titi. Le frottement de la glissière le glaça et il jeta un coup d'œil discret vers Marie. « Pourvu qu'elle n'ait rien entendu », se dit-il. Il s'écarta quand la civière passa près de lui, baissant la tête sur son passage, mains croisées sur son ventre, en signe de recueillement. Marie ne put retenir une plainte.

34

Un jour, la vie qu'on croyait rêvée se transforme en prison. Ceux qu'on aime, en geôliers.

Vincent et Lou ne me regardent pas, ou plus. Passée la quarantaine, les femmes deviennent transparentes aux yeux de la plupart des hommes. Le temps nous est compté. Tout ce que je peux vivre aujourd'hui, je veux le vivre intensément, sans entrave, sans rendre de compte à personne. Jamais je n'aurais pensé un jour que la vie de Vincent m'indifférerait à ce point. D'ailleurs, voilà bien longtemps qu'il ne me demande plus mon avis. C'est bien dommage, j'aurais pu le mettre en garde. Cette histoire de centre commercial est une véritable connerie. Il aurait dû botter en touche et laisser ce dossier à son successeur. Le faire traîner jusqu'aux prochaines élections. Mais non, il a préféré jouer les entrepreneurs et offrir aux Paunaciens un énième lieu de consommation à moins de deux kilomètres. Quand je pense qu'il y a des maisons à la limite de la commune qui n'ont pas le tout-à-l'égout ! Le préfet l'a prévenu de l'expulsion au dernier moment. Il a beau faire celui qui trouve cela normal, je sais combien il est vexé. Une expulsion, chez nous ! Et pour quel résultat ? Un agriculteur à l'hôpital, entre la vie et la mort. Titi Aselmot, qui n'a rien trouvé de plus judicieux que de se pendre dans une salle de bains. Au robinet du lavabo ! Je n'arrive même pas à imaginer comment il s'y est pris. Vincent en a perdu l'appétit. Il ne se montre plus à la mairie. Il gère tout du salon, ce qui n'arrange pas mes affaires… ni l'ambiance à la maison. Lou le hait ouvertement. Elle craignait que son petit révolutionnaire fût le blessé. La pauvre choute ! Nos rapports ne sont pas meilleurs. Ce n'est pas de ma faute. Je lui ai tendu la main des dizaines de fois. Elle me repousse. Elle aussi est convaincue que je suis trop bête pour comprendre la vie. Qu'ils aillent se faire voir ! Qu'ils assument leurs erreurs et pleurent sur leur sort. Ce matin, Vincent m'a demandé de passer un coup de vapeur sur sa cravate bleu foncé. Enfin, il

sortait ! Convoqué, il a dit, chez le préfet. Vu sa tête, ça risque de barder.
Une fois Vincent parti, j'ai téléphoné à Xavier. Au ton de sa voix, j'ai
senti qu'il n'en pouvait plus d'attendre de mes nouvelles. Une voix rauque,
désirante. « Tu es libre ? » m'a-t-il demandé.

35

Ronsac se doutait que l'entrevue serait tendue. Le préfet les attendait, lui et le colonel de gendarmerie. La presse régionale et nationale était étalée sur son bureau, bien en vue. Les unes rivalisaient d'adjectifs pour qualifier l'expulsion ratée malgré les moyens disproportionnés mis en œuvre. La violence des forces de l'ordre était pointée du doigt. Les quotidiens de gauche s'en donnaient à cœur joie. Une photo de Mativet inconscient étendu sur une civière, en gros plan, faisait les choux gras de pratiquement tous les canards. « Quel est l'enfoiré qui a pris cette photo ? » se demandait Ronsac depuis qu'il l'avait découverte.

Le préfet, remonté à bloc et enragé, aboya davantage qu'il ne parla :

— Si ce type décède, nous aurons l'opinion contre nous ! Le gouvernement va nous lâcher ! On avait dit pas de bavure, bordel de merde !

Le juron sonna comme une aberration dans la bouche du haut fonctionnaire. Gêné aux entournures, le colonel rejeta la faute sur Ronsac. Le guet-apens tendu au groupement d'intervention de la gendarmerie était le résultat catastrophique des indications erronées fournies par le maire, se défendit-il. Lui seul devait s'en expliquer. Comment donc les zadistes avaient-ils pu être informés de la manœuvre ? D'où venait la fuite ?

— Sans ça, nous les prenions à revers et c'en était fini d'eux ! pesta le colonel en se tournant vers le maire.

Le préfet somma Ronsac de leur fournir une explication. Cela faisait des heures qu'il rêvait de ce moment précis. Cet empaffé de colonel l'avait méprisé depuis leur première rencontre ? Il l'avait tenu à l'écart, traité en quantité négligeable ? Eh bien, qu'il se débrouille! Ronsac ne payerait pas les pots cassés. Il n'endosserait pas à lui seul la responsabilité de l'échec. La supposée fuite ne provenait ni de lui ni de son entourage.

— Il fallait vérifier en amont... D'ailleurs...

Ronsac marqua une pause avant de reprendre :

— Oui, peut-être que la fuite vient de votre côté ?

L'allégation fit bondir le colonel. Le préfet le calma d'un geste de la main. Ce n'était ni le lieu ni le moment de s'écharper. Il fallait organiser la suite et gérer au mieux les conséquences. Des séquelles, les trois hommes en étaient bien conscients, il y en aurait.

Ronsac cligna des yeux dans l'espoir d'effacer les chiffres d'un certain compte en banque ouvert à l'étranger qui dansaient devant ses yeux.

— Comment envisagez-vous la suite ? demanda le préfet.

Il s'assit derrière son bureau sans inviter ses interlocuteurs à prendre un siège.

Le colonel se racla la gorge. Ronsac tira sur les pans de sa veste. À son avis, le mieux serait de laisser tomber toute l'affaire. Il se garda bien de le dire.

— Il y a cette marche blanche qui s'annonce, Monsieur le Préfet. Il risque d'y avoir du grabuge en ville... prophétisa le colonel.

— Et ? questionna le préfet.

— Il faudrait l'interdire. Il y aura des débordements. Avec ces gens, on doit s'attendre au pire, argumenta-t-il sans un regard à Ronsac.

— Et vous, Monsieur le Maire, vous en pensez quoi ? s'enquit le préfet.

« Que le colonel est le roi des cons », s'abstint Ronsac. Avec une émotion non feinte, il rappela que le défunt était un ami d'enfance.

— Thierry Aselmot, tout le monde l'appréciait. Interdire cette marche blanche en sa mémoire à l'occasion de son enterrement avivera le ressentiment général. Si je dois donner mon avis… mais je ne suis pas un expert comme le colonel, prévint-il avec perfidie. Si je le dois donc, je dirais qu'il faut que cette manifestation ait lieu. Elle sera pacifique, je le sais. Plus personne, ni les zadistes ni les villageois, ne veut d'affrontements. Si les forces de l'ordre se font discrètes, je suis certain que tout se déroulera dans le calme.

Ronsac baissa la tête, sincèrement touché, et avala avec difficulté sa salive.

— On ne peut pas empêcher les gens de rendre hommage à un homme apprécié de tous ! trancha le préfet.

Le colonel ignora le regard triomphant que lui lança Ronsac.

36

Après l'appel de Lydie, Xavier Thouar nourrit ses chiens dans le chenil, puis se doucha. Il admira son corps musclé dans le miroir de la salle de bains avant d'enfiler un jean propre. Il resta torse nu, sachant que Lydie ne tarderait pas à arriver.

La vie était un immense terrain de jeu et Thouar prenait plaisir à y jouer un rôle. Conscient de ses atouts – son corps, par exemple, qu'il entretenait en s'adonnant à des séances de musculation quotidiennes – il n'oubliait pas d'où il venait. Petit délinquant, Thouar s'était rangé avant que les choses ne tournent mal pour lui, contrairement à la plupart de ses copains d'enfance. Il savait ce qu'il voulait. L'argent et le sexe arrivaient en première position sur la liste non exhaustive de ses désirs. La demande de Dauman de se rapprocher de la femme du maire contre une généreuse rémunération en liquide avait été une aubaine. Il affectionnait les bourgeoises mariées à des hommes qui travaillaient beaucoup. Des cibles faciles qui se sentaient bien souvent délaissées, en général quand leurs enfants atteignaient l'âge ingrat de l'adolescence. La nouveauté : c'était la première fois qu'on le payait pour les baiser et ça ne gâtait rien. Bien au contraire. La mission était d'autant plus aisée que Dauman ne lui avait pas demandé grand-chose en échange. Vérifier que Ronsac était vraiment son allié et qu'il ne jouait pas double jeu. Pas grand-chose, en fait. Il lui suffisait de manipuler Lydie après une bonne séance de sexe pour qu'elle s'épanche. Rien de plus simple pour Thouar. Les femmes adultères n'ont-elles pas besoin de dégoiser sur leur mari pour justifier qu'elles le trompent ? Façon pour elles de se donner bonne conscience. Peut-être les hommes n'étaient-ils pas si différents ? Thouar ne pouvait que supposer, il n'avait jamais été en couple, craignant d'être un jour à son tour le cocu de service.

Xavier rangea deux ou trois bricoles qui traînaient autour de son lit fait au cordeau comme tous les matins. Il passa dans le salon et rajusta la couverture de coton qui recouvrait le canapé. Dans la cuisine, il vérifia qu'il lui restait du thé vert, le seul véritable investissement fait pour Lydie, qui n'était pas du genre à boire une bonne bière. L'habitude avait été prise entre eux de dépenser quelques minutes à se regarder dans le blanc des yeux, assis de part et d'autre de la petite table de camping, devant une tasse de thé vert. Thouar appelait ce moment-là *les confessions post coït*. Des soupirs alanguis, un petit rire coupable, et Lydie finissait toujours par parler de Vincent qui avait fait *ci* ou, surtout, n'avait pas fait *ça*. De Lou et des problèmes qu'elle posait. Xavier l'écoutait. Il lui prêtait toujours une oreille attentive et complaisante. Lydie, comme toutes les femmes, pensait-il, appréciait qu'on la prenne en considération.

— Ma princesse, l'encouragerait-il dans le but qu'elle poursuive ses doléances. Tu mérites tellement mieux…

Le plus étonnant dans une telle situation était sa sincérité non feinte. Tout le monde méritait mieux, et Lydie comme les autres, peut-être encore davantage. Il avait beau la sauter par intérêt, il s'était attaché à elle, s'en rendant compte, non sans surprise, ces derniers jours, quand elle ne lui donnait pas de nouvelles. Son inquiétude avait été réelle et, au fil des heures, plus angoissante. D'autant qu'elle lui avait confié que Ronsac se montrait parfois violent. Pas un tabasseur, mais un type qui ne maîtrisait pas ses nerfs.

Lydie méritait mieux que cette vie de plante verte. Elle était élégante, discrète et savait se montrer passionnée et volontaire quand il le fallait. D'ailleurs, il redoutait le jour où il lui annoncerait la fin de leur relation. La limite serait franchie dès qu'elle parlerait de quitter son mari pour s'installer avec lui. Par expérience, Xavier savait que sa maîtresse en viendrait un jour à lui proposer une vie en couple, et il n'en était pas question. Le train-train quotidien, très peu pour lui.

Au chenil, les chiens aboyèrent à s'en péter les cordes vocales. Triss, le plus vieux des malinois, se jetait contre les grilles, faisant un boucan de tous les diables.

Thouar ouvrit la porte.

— La paix ! lança-t-il d'une voix sonore et sans appel.

Aussitôt, les chiens obéirent et se turent.

Lydie, garée dans la cour, osa enfin descendre de voiture. Elle longea la maison pour se tenir à distance du chenil. Ses escarpins à talons s'enfonçaient dans les graviers, manquant à chaque pas de la faire trébucher. Thouar découvrait pour la première fois le long manteau ceinturé qu'elle portait. Il n'eut pas besoin d'explications. Dès qu'elle atteignit le pas de la porte, il la saisit fermement par la main et la fit entrer, puis referma derrière elle.

Une fois à l'abri à l'intérieur, Lydie dénoua lentement la large ceinture de son manteau qu'elle laissa choir par terre à ses pieds. Un soutien-gorge rose poudré remontait ses seins généreux. La fine dentelle de son string saillait sur ses hanches.

La femme du maire venait de parcourir douze kilomètres quasiment nue sous un manteau. Jamais Xavier ne l'avait trouvée aussi désirable…

37

Vadim emprunta le Solex de Billy afin de rejoindre Béa qui veillait son père à l'hôpital de Bergerac. Il emportait un tupperware rempli de taboulé préparé par Anne-So et une part de cheesecake cuisiné par Oscar. Il ne laisserait pas Béa mourir de faim. Quand ils avaient découvert le corps inanimé de Mativet, après que les CRS avaient abandonné le chemin en feu, Béa s'était précipitée, folle d'angoisse, sur son père. Vadim l'avait ceinturée et éloignée afin que l'équipe médicale dépêchée sur place puisse s'occuper de lui et effectuer un massage cardiaque, auquel assistait pour la première fois Vadim. Un médecin du SAMU appuyait en rythme sur la cage thoracique de Régis Mativet. Il suait à grosses gouttes dans un silence d'autant plus assourdissant qu'il succédait au vacarme d'une lutte sauvage. Enfin, tout s'était emballé, l'agriculteur blessé avait disparu dans l'ambulance, un masque à oxygène sur la bouche et le nez. Personne n'aurait pu affirmer qu'il avait ouvert les yeux ou pas. Les portes arrière de l'ambulance s'étaient refermées sur lui en claquant. Elle avait démarré sirènes hurlantes en zigzaguant au milieu des débris qui jonchaient la terre. Béa s'était débattue pour qu'il la libérât. Vadim l'avait retenue serrée contre lui en la rassurant :

— Il est en vie, Béa. Ils vont le sauver. On va monter dans une voiture et le rejoindre à l'hôpital.

Ténor débarqua de nulle part au volant de son estafette. Il stoppa devant le couple, moteur en marche, portières ouvertes. Il descendit et proposa à Vadim de prendre sa place, lui resterait à la ZAD pour aider à déblayer. Anne-So tendit à Vadim le sac fourre-tout de Béa. Ils partirent sur les chapeaux de roues.

Durant le trajet, Béa demeura prostrée, les yeux fixés devant elle, la bouche entrouverte, les épaules crispées et les poings serrés.

Il fallut plusieurs heures avant que les médecins annoncent la bonne nouvelle. Régis s'en sortirait. Une sédation l'avait plongé dans un coma profond afin que soient réalisés les examens nécessaires à l'évaluation de son état. Béa insista pour rester à son chevet. Vadim lui tint compagnie jusqu'à ce que Mativet fût transporté dans une chambre individuelle. Finalement, il s'éclipsa, laissant Béa, qui avait glissé sa main dans celle de son père.

— Je reviendrai plus tard… Vous avez besoin d'être seuls, tous les deux, dit-il.

De retour à la ZAD, il apprit le suicide de Titi, qui porta un coup de grâce à la cohésion entre les membres du hameau.

Ténor prit la tête de la fronde, désignant Vadim et ses camarades bordelais pour responsables de la violence des affrontements et des conséquences désastreuses qu'ils avaient entraînées. Vadim comprenait le chagrin et la colère ressentis par le chevrier, mais il n'était pas question qu'il lui en fasse porter toute la responsabilité. Ses accusations étaient graves et injustes. Ténor ne remettait pas en question la lutte, mais prétendait que la violence des CRS avait été proportionnelle à celle des zadistes. Vadim et sa clique – il utilisait des vocables méprisants tels qu'*anarchistes de merde* ou *professionnels du RSA* – menaient une révolte agressive où la volonté d'en découdre se révélait plus importante que la cause à défendre.

— Si vous aimez donner des coups et en recevoir, engagez-vous chez les paras ! le fustigea Ténor.

— T'es con ou quoi ? On donne des coups pour se défendre ! On n'attaque pas gratuitement ! Et puis, Régis et toi, vous étiez d'accord avec le projet ! le recadra Vadim.

— Ah oui, vraiment ? Et pour vos bombes artisanales aussi, on était d'accord, peut-être ? Vous ne vous êtes pas vantés de les avoir fabriquées, bande d'enculés !

— On s'en est même pas servi ! hurla Sam.

C'était exact, mais Vadim ne pouvait nier que le reproche était justifié. Effectivement, ils avaient confectionné des cocktails Molotov en cachette. Ils les auraient utilisés si besoin. Toutefois, à la lumière des derniers évènements, Vadim n'était plus très sûr qu'il aurait été légitime de recourir à cette extrémité.

Le chevrier, même s'il était soutenu seulement par six ou sept camarades, faisait vaciller les bases du Nouveau Monde imaginé par Vadim. La lutte valait-elle la santé de Mativet et la vie de Titi ? Béa lui en voudrait-elle si son père conservait des séquelles de son infarctus ? Y avait-il un moyen de prévoir le geste suicidaire de Titi ? Le moment de quitter Paunac avait-il sonné ? Quelle suite donner à sa vie ? Autant de questions qui maintenant lui pourrissaient l'existence.

Oscar et Anita ne participèrent pas à ces accrochages entre zadistes. Ils restèrent de longues heures enfermés dans l'ancienne porcherie qui leur servait à la fois de bureau et de logement. À leur arrivée au hameau, ils avaient élu ce bâtiment pour l'excellence de la connexion Internet malgré l'épaisseur des murs de pierre. Ce qui n'était pas le cas partout.

Il n'y avait plus de porcs à la ferme depuis plusieurs décennies et Régis Mativet avait accepté la reconversion du bâtiment en logement. Seule condition : que l'on racle le sol en terre battue avant de le recouvrir de planches. L'agriculteur prétendait que tous les sols qui avaient reçu de l'urine animale étaient porteurs de germes néfastes pour les humains. Quant à eux, Oscar et Anita auraient campé les pieds dans la merde du moment qu'ils surfaient sur le Net dans de bonnes conditions. Ils laissèrent donc

117

leurs camarades s'occuper de l'aménagement intérieur et se concentrèrent sur l'acheminement de l'électricité et du téléphone.

En moins d'une semaine, le local Média et Communication de la ZAD, bien qu'un peu sombre, aurait mérité sa place dans un magazine de décoration à la rubrique : *Comment maximiser un petit espace.* Une mezzanine avait été installée et servait de chambre au couple de geeks. Dessous, un lavabo et une douche dont le bac était une large bassine en zinc galvanisé dans laquelle Béa s'était baignée bébé – prétendait son père. De grands plateaux de bois posés sur des tréteaux disparaissaient sous les écrans d'ordinateurs et parachevaient le décor. Les toilettes sèches se trouvaient à l'extérieur. Quant à la cuisine, elle était collective, sous le grand auvent, à côté de la grange qui servait aux réunions les jours de pluie ou de grand froid.

Vadim vécut mal le fait qu'Oscar et Anita ne l'eussent pas soutenu dans son altercation avec Ténor. Quand ils réapparurent à l'heure du déjeuner, et contrairement à ce qu'il supposait – qu'ils l'informent de leur départ – le couple apprit aux zadistes qu'un accord avait été conclu avec Marie Aselmot. Une marche blanche en l'honneur de Titi serait organisée à l'occasion de son enterrement. Cette simple annonce offrit un nouveau souffle à la ZAD.

En arrivant devant l'hôpital, Vadim trouva Béa debout sur le perron. Elle le reconnut sous le casque *Stormer* noir de Billy. L'Anglais avait dessiné dessus et en négatif deux yeux de biche. Les traits de la jeune femme étaient tirés, ses cheveux emmêlés, et ses vêtements chiffonnés par la nuit passée sur une chaise, mais elle parvint à lui sourire. Régis devait s'être réveillé, pensa Vadim, qui freina. Il ne lui dirait rien pour le moment du décès de Titi ni de l'ambiance délétère qui avait régné à son retour à la ZAD. Il y avait un temps pour tout…

118

38

Ronsac fila à son agence qui fonctionnait très bien sans lui. Il préféra s'y rendre plutôt qu'à la mairie. Sur place, il retira sa veste, desserra sa cravate et s'assit dans son fauteuil, devant sa table de travail impeccablement rangée. Il lutta pour rester éveillé. Il n'aspirait qu'à dormir et à oublier. Fuir. Démissionner.

La ligne dédiée aux appels intérieurs retentit. À travers la cloison vitrée, il aperçut Jeanne, combiné à l'oreille, qui regardait dans sa direction. Ronsac hésita, puis décrocha.

— Vincent ? Vous voulez un café ?

Ronsac déclina la proposition.

— Il y a des messages ? demanda-t-il pour donner le change.

— Non, ça va, on gère, répondit Jeanne avant de raccrocher.

Il n'avait vraiment pas de chance. Il aurait eu besoin d'un dossier épineux, d'une affaire de contentieux avec un client irascible sur laquelle se concentrer pour oublier Titi, le préfet, Mativet, Dauman et ce fichu projet de centre commercial. Plus jeune, son modèle était Bernard Tapie. Il appréciait son franc parler, son bagout, son aura. Il aurait aimé ressembler au Tapie des années 80, moins à celui qu'il était devenu après.

Il réalisa qu'il ressassait sans cesse et se reprit. Vincent ouvrit le premier tiroir de son bureau, en sortit un volumineux dossier. L'étiquette autocollante sur laquelle il avait écrit d'une main assurée quelques mois plus tôt « *démarchage* » commençait déjà à jaunir. Son dossier *Poire pour la soif*, avait-il expliqué un jour à ses employés. Ne jamais se satisfaire de ce que l'on a, ne jamais s'endormir sur ses lauriers. Quand les affaires sont florissantes, il faut continuer de prospecter. Dans cette optique, il avait inventorié une liste de clients prestigieux. Il se faisait un devoir de les attirer dans son agence.

Ronsac ouvrit la chemise cartonnée et lut le premier nom inscrit sur la liste. *Rens Van Amerongen. Président de Van Amerongen SA. Commerce de bétail en gros. Chiffre d'affaires 2020 : 64 867 823 euros. Siège social : 24000 Périgueux.*

Ronsac appuya sur une touche du clavier de son ordinateur. L'écran s'alluma. Il tapa sur son clavier *Van Amerongen SA*. La fiche signalétique de l'entreprise s'afficha. Il vérifia les comptes et si le chiffre d'affaires était à jour. Le genre de clients à ferrer, et pour ce faire, il fallait sortir le grand jeu – restaurant étoilé et partie de golf. Il s'apprêtait à téléphoner à l'un de ses amis connaissant personnellement Rens Van Amerongen quand il l'aperçut à travers une longue fenêtre ouvrant sur l'extérieur. Dauman garait sa voiture le long du trottoir. Son pouls s'accéléra et son sang se mit à battre contre ses tempes. Jamais le promoteur ne lui avait rendu visite à l'agence.

Inquiet, Ronsac se leva, attrapa sa veste accrochée au dossier de son fauteuil et quitta précipitamment son bureau. Il passa au pas de charge devant Jeanne, qui le regarda, surprise. Vincent sortait de l'agence au moment où Dauman traversa la rue. Ronsac le rejoignit au milieu de la chaussée. Sans marquer de pause, il lui dit, ou plutôt lui ordonna de le suivre. Il poursuivit sa course jusqu'à l'embranchement avec l'impasse *Des trousse chemises*. Il l'emprunta sans hésiter. Bordée de maisons abandonnées et d'anciens ateliers fermés depuis des années, la voie sans issue offrait une intimité plus protectrice que son bureau. Ronsac ne doutait pas un instant que Dauman lui avait emboîté le pas. Il entendit ses pas crissant sur le gravier. Arrivé au bout de l'impasse, le maire attendit le promoteur, non sans crainte.

— C'est quoi, ces manières de me recevoir ? On dirait que je suis *persona non grata* ! tempêta Dauman avant de sortir un mouchoir de la poche de sa veste et d'essuyer les talons maculés de terre de ses Richelieu noires d'une longueur interminable.

— Je n'admets pas que vous débouliez à mon agence comme ça ! Les affaires de Paunac se traitent à la mairie, sinon, je ne m'en sors pas ! se plaignit Ronsac, en tentant de maîtriser sa colère.

Dauman acquiesça. Il observa les façades délabrées des maisons, une moue de dégoût sur les lèvres.

— Je ne suis jamais venu ici. C'est plutôt glauque, non ? La mairie n'a jamais pensé à revaloriser cette rue ? À moins que vous ne cherchiez à faire plaisir aux squatteurs ? J'aurais cru que ceux du hameau vous suffisaient...

La dernière syllabe siffla entre ses dents.

— J'imagine que vous n'êtes pas venu pour me parler urbanisme, répliqua froidement Ronsac.

Dauman sourit, tandis que ses yeux demeuraient d'une froideur réfrigérante.

— En effet... Si je me suis dérangé jusqu'à votre agence, c'est que je suis étonné de n'avoir reçu aucun appel de votre part pour m'informer des résultats de votre entrevue avec le préfet.

Il détacha chaque mot, donnant l'impression d'y trouver un plaisir sadique.

Ronsac ravala le peu de salive qu'il lui restait. Comment Dauman était-il au courant de son rendez-vous à la préfecture ? Il ne lui posa pas la question pour ne pas dévoiler ses faiblesses, quand il réalisa qu'il se balançait d'un pied sur l'autre. Il cessa aussitôt.

— C'était une réunion imprévue pour parler du suicide d'un de mes administrés, se défendit-il. Une bien triste affaire... Je n'ai pas pensé que ça pourrait vous intéresser.

Dauman éclata d'un rire sinistre.

— Ah oui ! Ce type, ce pauvre Aselmot qui a perdu ses nerfs... Les ravages de l'alcool, sans doute... Plus sérieusement, pour l'expulsion, nous en sommes où ? Parce qu'on ne peut pas dire, loin de là, que la première tentative ait été couronnée de succès, railla Dauman.

Ronsac n'eut soudain plus envie de batailler, las et écœuré par les propos du promoteur. S'il ne l'avait déjà su, il n'était qu'un pion dans toute cette histoire. Il se contenta de lever les mains, manière de signifier qu'il n'était au courant de rien.

Dauman le fusilla du regard et lâcha :

— Ah, vous avez décidé de la jouer comme ça... Comme vous voulez... On se passera de vous, mon vieux... La prime, votre *petite* gratification, *Monsieur le Maire*, vous a peut-être été offerte un peu trop tôt, vous ne pensez pas ? À moins que vous l'ayez acceptée un peu vite...

Son ton laconique lourd d'une menace à peine voilée ne présageait rien de bon. Ronsac serra les dents tandis que Dauman faisait demi-tour pour sortir de l'impasse. Lui ne bougea pas, comme absent.

39

Il est en train de tomber amoureux ! Ce n'est plus simplement une his-
toire de sexe. Non. Il est amoureux de moi ! Peut-être n'en a-t-il pas encore
conscience, qu'importe. C'est grisant et délicieux à la fois. Il est tellement
attentionné. Il m'offre du thé, mon préféré, et m'écoute parler. Il m'interroge
sur ma vie. Jamais un homme ne s'est intéressé à moi ainsi !

Ma sœur avait des amants et c'était toujours la même histoire. Un tour
au pieu et puis ciao. J'ai pensé qu'il en serait de même avec Xavier. Je
n'étais pas idiote. Je savais où je mettais les pieds. Ce n'était pas sa conver-
sation qui m'avait attirée. Que pouvais-je espérer d'autre de ce mauvais
garçon tellement sexy ? Je me trompais. À chacune de nos rencontres, il se
fait plus tendre, plus attentif. Il m'appelle sa princesse. Me traite comme
une princesse ! Proportionnellement à ses moyens, bien entendu...

Je souhaite lui faire un cadeau. C'est compliqué... Un beau briquet
avec ses initiales ? Il ne fume pas. Un beau service à thé anglais ? Mon
Dieu ! Il penserait que je n'apprécie pas ses mugs décorés de signes astrolo-
giques. C'est pourtant vrai qu'ils sont laids. Le sien avec le signe du tau-
reau, le mien, celui de la vierge. Pas de hasard : je suis née le 20 septembre
et lui le 15 mai. Il les a achetés pour nous. Une attention adorable. Même
s'ils sont vraiment moches.

Au début, je n'osais pas trop parler de Vincent. Cela me semblait dé-
placé. Mais il a compris mon besoin de me confier. Comme il le dit si bien :
tout est plus facile pour lui qui est célibataire. Moi, je suis obligée de jongler
et de composer. Xavier est plein d'empathie. Je lui raconte que Vincent
déprime ces derniers temps et il hoche la tête en murmurant qu'il ne com-
prend pas qu'on puisse l'être en compagnie d'une femme telle que moi. Pareil
pour Lou. Il pense que toutes les adolescentes rêveraient d'avoir une mère
comme moi. Ah... si Lou pouvait l'entendre !

À propos de Lou, je lui ai demandé son avis sur ce fameux Vadim. Il ne voyait pas de qui il s'agissait. Il se tient très en dehors de tout ce qu'il se passe à Paunac. Je lui ai montré les coupures de presse trouvées dans le journal intime de Lou. Il ne faut d'ailleurs pas que j'oublie de les remettre en place. Xavier suppose qu'elle ne risque rien. Ce n'est pas parce qu'on se bat pour ses idées qu'on est un violeur d'adolescentes. Il y a certainement des joints qui tournent dans ce genre de communautés, mais il faudrait être complètement à côté de la plaque pour ignorer que dans toutes les soirées, les jeunes fument des pétards et boivent de l'alcool. Pas besoin d'aller dans une ZAD. J'ai acquiescé, même si je pense que ma fille n'a jamais fumé. Quant à l'alcool, avec Vincent, on a été très clairs là-dessus : pas avant sa majorité !

Xavier a conclu que, de toute façon, personne ne peut empêcher Lou de tomber amoureuse de n'importe qui, quelle que soit sa situation. À la manière dont il m'a regardée, j'ai senti qu'il parlait de lui. Pour ne pas l'embarrasser, j'ai fait mine de ne rien voir.

Et si je lui offrais un porte-clés en argent... en forme de cœur ? Ça ferait trop groupie, non ?

40

Lou sortit de la classe dès le premier coup de sonnerie. Sac à dos sur l'épaule, elle bouscula un groupe d'élèves et s'éloigna dans le couloir en hâte. Elle ne supportait plus les gens de son âge. Trop superficiels. Sans aucune conscience politique. Des moutons consommateurs de McDo et de commandes sur Amazon. Lou avait évolué. Elle avait enfin ouvert les yeux. Elle se sentait seule et entourée de zombies. Marion aussi, parce qu'elle avait eu l'occasion de s'élever, mais avait préféré retourner à son état végétatif. Lou, elle, était d'une autre trempe, en lutte contre le système, contre ses parents, contre la société, contre les professeurs. Elle avait bien tenté, tous autant qu'ils étaient, de les réveiller, de leur donner une chance. Quand elle avait proposé de faire un débat en classe au sujet de la ZAD, le lendemain de l'expulsion, la professeure de français l'avait regardée avec des yeux ronds avant de refuser tout net : « Pas au programme », avait-elle grogné. Lou avait montré sa désapprobation en occupant toute l'heure à écrire à Vadim.

Elle passa le cours de maths suivant à s'apitoyer sur son sort, les yeux dans le vague. Le sang qui coulait dans les veines de Lydie et de Vincent – les noms de *maman* et de *papa* lui donnaient la nausée – ne pouvait être le sien. Elle songea que si tous les élèves de sa classe fouillaient dans les affaires de leurs parents, ils découvriraient sans aucun doute leur imposture. Avec des secrets bien dégueulasses. Comme les siens. Lydie trompait Vincent. Vincent planquait de l'argent dans une banque, un paradis fiscal, à l'image de certains hommes politiques ou de nombreux sportifs. Ils en parlaient à la télé, souvent. Vincent s'émouvait et les traitait de pourris. Quel hypocrite, son vieux !

Lou avait découvert une enveloppe dans sa sacoche ; dedans, un formulaire de remise à son nom pour une somme astronomique !

Lou traversa la cour, vérifia si personne ne la suivait, puis entra dans les toilettes. L'odeur d'urine et de désinfectant la prit à la gorge. Elle s'enferma dans le box le plus éloigné de la porte. Sans s'asseoir, elle sortit de son sac un paquet de cigarettes d'où elle en extirpa une. Elle l'alluma avec le briquet trouvé à la maison dans un tiroir de la cuisine. La première taffe lui retourna l'estomac. La tête lui tourna, mais elle s'accrocha. Elle s'assit sur la cuvette qui ne possédait pas d'abattant. À travers son jean, elle sentit la faïence froide et humide. Que se passerait-il le jour où Vincent constaterait la disparition de l'enveloppe ?

La porte des toilettes s'ouvrit et des élèves entrèrent en riant. Lou se releva d'un bond, jeta sa cigarette à moitié consumée dans la cuvette et tira la chasse.

Autour d'elle, l'air empestait la nicotine.

41

Xavier Thouar contacta Dauman et lui rendit compte de son
« entrevue » avec Lydie Ronsac. Contrairement au mode opéra-
toire habituel, le promoteur ne se contenta pas d'une conversation téléphonique ; il demanda à le rencontrer. Le rendez-vous
fut fixé à 17 heures à une dizaine de kilomètres de Paunac, derrière les bâtiments abandonnés d'une ancienne minoterie.

Thouar arriva un quart d'heure à l'avance et repéra les lieux.
Sous son blouson Bombers, il dissimulait une matraque télesco-
pique. Prudent, il avait emmené avec lui Bali et Chef, deux malinois de 3 et 4 ans. Les chiens jappaient à l'arrière de la four-
gonnette. La friche industrielle datait du 19ᵉ siècle et n'en finissait pas de se délabrer entre la route touristique longeant la ri-
vière Dordogne et la forêt. Le coin était désert. En contournant
les bâtiments avec son fourgon, Thouar aperçut des canettes de
bière rouillées, des emballages de préservatifs et l'ossature d'un
kayak dans lequel étaient empilés de gros coussins moisis.
Thouar coupa le moteur et descendit du véhicule. Il consulta sa
montre connectée : 17 h 04.

— Un putain d'enfoiré de patron… marmonna-t-il.

Il n'appréciait pas les patrons et moins encore quand ils
étaient en retard. Paradoxalement, Thouar s'obligeait à être un
employé modèle. Un type sur qui on pouvait compter et qui ne
décevait jamais. Une espèce de héros tout droit sorti d'un film
américain de série B, enfouraillé jusqu'à la gueule et surentraîné,
qui se battait seul contre tous. Et seul au milieu de nulle part, il
l'était pour de bon. Thouar se demanda si le promoteur lui si-
gnifierait la fin de son contrat avec Lydie. Le solde de 800 euros
qu'il toucherait serait le bienvenu. Il désirait passer son permis

127

moto. Un rêve de gosse. La somme compléterait celle qu'il économisait. Il souhaitait aussi faire un cadeau à sa maîtresse. Un petit frisson de plaisir lui parcourut l'échine quand il songea à leur dernière étreinte. Sur le pas de la porte, leur baiser s'était prolongé, un long baiser tendre. Habituellement, Thouar rechignait aux effusions de tendresse après la baise. Trop cucul, trop attendues. Pourtant, plus tôt dans la journée, il ne s'était pas forcé. Des femmes, il en avait connu des dizaines… Pourquoi celle-ci le troublait tant ?

Le SUV de Dauman apparut, il roulait au ralenti en longeant le bâtiment désaffecté. Thouar jeta un œil à sa montre – 17 h 18. «L'enfoiré, 18 minutes de retard», siffla-t-il entre ses dents. Le promoteur vint se garer juste devant lui. Sans prendre la peine d'éteindre le moteur, il descendit la vitre avant côté passager, obligeant Thouar à se courber pour le voir.

— Je pensais que vous ne viendriez plus… lança ce dernier, d'un ton évident de reproche.

Dauman ne releva pas. Il ôta de la bouche la sucette Chupa Chups XL arôme Coca-Cola. Elle lui tenait lieu de substitut tabagique depuis qu'il avait pris la décision d'arrêter de fumer.

— Vous vous y connaissez en barbecue ?

Thouar fronça les sourcils, pas certain d'avoir compris où il voulait en venir.

— Je vous demande si vous savez allumer un feu ? insista Dauman, confronté à l'interrogation muette de Xavier Thouar.

N'importe quel crétin savait se débrouiller avec du papier, des brindilles et une boîte d'allumettes, faillit répondre l'agent de sécurité. Il se contenta d'acquiescer d'un geste du menton.

— OK. Il va y avoir un enterrement en ville. Il va rassembler la bande de chevelus qui me pète les burnes. Je veux que vous en profitiez pour me transformer leur putain de grange en bois en un joli feu de joie. *Capito* ?

Il tendit vers Thouar le portable qu'il gardait jusqu'à présent sur ses genoux. À l'écran, Xavier vit une grange ressemblant à un bateau qui jouxtait le bâtiment principal d'une ferme.

Thouar ne put cacher sa surprise. Séduire la femme du maire pour obtenir des informations passe, mais de là à se transformer en incendiaire, il y avait une frontière qu'il n'était pas sûr de vouloir franchir.

— *Capito* ? répéta Dauman.

— Vous êtes certain qu'il n'y aura personne ? questionna Thouar.

— Pour qui tu me prends ? Pour un assassin ?

Xavier prit le temps de la réflexion. Cette nouvelle mission ne lui plaisait guère, même si elle ne paraissait pas très compliquée.

— Ça sera plus cher… fit-il remarquer.

Dauman sortit une liasse de billets de 100 euros d'une poche de sa veste.

— 1 000 maintenant. La même chose après.

Il jeta l'argent sur le siège passager. Thouar tendit la main pour le récupérer.

— Et le solde pour madame Ronsac ? Je l'aurai quand ?

Dauman fit mine de réfléchir.

— T'en as déjà marre de la bourrer ?

Les doigts de l'agent de sécurité se crispèrent sur les billets.

— Je continue cette mission ? s'enquit-il avec froideur.

Dauman remit la sucette dans sa bouche et acquiesça d'un signe de tête. La vitre côté passager remonta doucement et la voiture s'éloigna à petite allure.

42

La nuit tombait à peine quand la camionnette de Titi klaxonna devant le portail qui avait été rafistolé à l'aide de barres de fer fixées au chalumeau. Son maniement nécessitait maintenant deux personnes. Zaza et Billy se précipitèrent.

Impatients, Félix et Lucie ouvrirent une portière et descendirent sans demander l'autorisation. Ils piétinèrent un instant devant le portail qui finit enfin par s'ouvrir. La camionnette avança. Marie baissa la vitre.

— Bonsoir, les amis, dit Marie.

Son sourire ne parvint pas à éclairer son visage lessivé par toutes les larmes versées.

— Waouh, Marie ! C'est bon que tu « es » là avec les enfants ! s'exclama Billy.

— Vous venez dîner avec nous ? proposa Zaza.

Les enfants coururent vers la jeune femme. Félix sauta dans ses bras, tandis que Lucie se blottissait contre ses jambes.

— On revient vivre à la ferme, expliqua Marie d'une toute petite voix, tant son émotion était grande.

Zaza et les enfants s'empressèrent d'annoncer la bonne nouvelle à tout le camp, rameutant les zadistes au son de la cloche accrochée à l'auvent de la grange.

Des têtes apparurent dans l'ébrasement des portes et des fenêtres, des tentes se vidèrent de leurs occupants. Ténor, dont la maison était la plus éloignée du hameau, alerté par les tintements de la cloche, se précipita, une machette à la main, Dame sur ses talons. Découvrant Marie quand elle descendit de la camionnette, le chevrier lâcha sa machette et s'élança pour la serrer dans ses bras.

— Putain... Titi... Je m'en veux tellement... bredouilla-t-il en l'embrassant.

Après quelques minutes d'effusion, de signes d'affection et de repentir, Marie regarda autour d'elle et aperçut Vadim.

— Béa n'est pas là ? lui demanda-t-elle.

Marie avait appris par Oscar le sort réservé à Mativet lors de la tentative d'expulsion.

— Elle est restée à l'hosto. Elle dort dans la chambre de Régis... Il va s'en sortir...

La voix de Vadim s'étrangla. Il ne put en ajouter davantage.

— Tant mieux. Ça aurait été vraiment moche si Régis aussi...

Marie ne termina pas sa phrase, émue, laissa passer quelques secondes et reprit :

— Puisque vous êtes tous là, ou presque, j'ai quelque chose à vous dire. En cherchant les papiers pour déclarer le décès de Titi, j'ai retrouvé le chèque de l'expropriation. Il ne l'a jamais encaissé... Comme un signe qu'il me faisait de là où il est maintenant. J'ai compris que je devais revenir m'installer avec les enfants dans notre maison. Alors, voilà, on est de retour. J'espère de tout mon cœur que nous serons les bienvenus...

43

Lou crut qu'elle ne s'endormirait jamais et fut étonnée de se réveiller alors que le jour pointait à peine. Elle vérifia l'heure sur son téléphone posé sur sa table de nuit. 6 h 07.

Vadim participerait-il au rassemblement prévu pour l'enterrement de Titi Aselmot ? Il faisait partie de ceux qui acceptaient sa décision de déménager et avait eu de belles paroles alors qu'elle était à la ZAD. Dignes d'une chanson de Bob Dylan, un artiste découvert depuis peu, dont Lou se gavait à présent sur son iPhone. Ses géniteurs assisteraient-ils au rassemblement ? Elle espérait bien qu'ils feraient l'impasse. Lou débarrassait la table du dîner quand ils en avaient discuté. Ronsac s'inquiétait de l'accueil que les amis de Titi lui réserveraient. Lydie arguait que son absence serait assimilée à du mépris.

— J'ai secondé Marie Alselmot avec respect et affection, plaida-t-il.

— Tu as l'obligation de te montrer droit dans tes bottes, argua Lydie.

Lou jugeait déplacée la peur de Ronsac face aux réactions des zadistes.

La conversation s'était, en fin de compte, étiolée sans qu'aucune décision définitive ne fût prise. Pour sa part, Lou participerait à la marche blanche sans le leur dire. Tant pis s'ils la découvraient au milieu de la foule, jamais ils ne lui taperaient un scandale en public.

Elle s'habillait quand elle entendit Ronsac quitter la chambre parentale. Il ouvrit la porte de la salle de bains. Lou s'agaça, elle détestait passer après lui. L'air empesterait l'after-shave. Il ne rinçait jamais le lavabo qu'il abandonnait semé de poils de barbe.

44

Les magasins baissèrent leurs rideaux. Seul le café de la place du Père Gaspard resta ouvert. Lorsque la voiture des pompes funèbres conduisant Titi Aselmot à sa dernière demeure passa devant la terrasse, suivie par Marie Aselmot entourée de ses enfants, les clients se turent. Certains se levèrent, baissant la tête en signe de respect. La famille Aselmot était une des plus vieilles familles de la commune. Les plus anciens avaient connu les parents de Titi et même ses grands-parents. Son suicide provoquait une onde de choc dans de nombreux foyers. Ces gens étaient-ils coupables de ne rien avoir vu venir ? Certains, des sympathisants de la ZAD pour la plupart, estimaient que ce geste désespéré était le résultat de la violence faite par un monde obnubilé par le profit au détriment de l'être humain.

Des badauds, désireux de ne pas être assimilés aux rebelles zadistes, vaquaient ostensiblement à leurs occupations. Ils jetaient de temps à autre un œil sur le cortège, curieux de voir à quoi ressemblaient les *zoulous*, les *beatniks* et les *marginaux*, objets de tant de fantasmes.

Lou quitta la maison après ses parents. Ces derniers attendraient à l'entrée du cimetière l'arrivée de la marche blanche. Elle rejoignit le cortège, s'y engouffra et le remonta rapidement en jouant des coudes. Plusieurs mètres devant elle, un rang serré de zadistes l'empêcha de voir Vadim. Marchait-il en tête ? Lou s'extirpa de la procession, qu'elle contourna par l'extérieur. Des badauds agglutinés sur le trottoir lui firent encore obstacle. Elle monta sur la pointe des pieds pour tenter d'apercevoir Vadim, sans plus de résultat.

Au même moment, dans son dos, Ronsac fonçait sur elle en se frayant un passage sans ménagement.

Depuis son départ de chez lui, le maire avait été contraint de s'arrêter tous les cinq mètres pour saluer des connaissances et serrer des mains. Lydie l'avait distancé. Elle poursuivait vers le cimetière sans se soucier le moins du monde des obligations de son mari. Pour se soustraire à celles-ci, Ronsac coupa par une rue adjacente pour rattraper sa femme. Il n'avait pas fait vingt mètres qu'il remarqua une silhouette familière vêtue d'une robe blanche qui lui remontait au-dessus des genoux. Sa fille ! Son sang ne fit qu'un tour.

Le contact brutal des doigts de Ronsac autour de son poignet fit sursauter Lou. Elle se retourna vivement sans comprendre qui s'en prenait à elle. Ronsac la tira sèchement à lui et, d'une voix contenue, mais comminatoire, lui intima à l'oreille :

— Tu la fermes et tu me suis !

Sans relâcher sa prise, il l'entraîna d'un pas décidé en direction de leur maison. Des larmes montèrent aux yeux de Lou. Douleur physique et humiliation se mêlaient à la soumission dont elle faisait preuve. Elle baissa la tête afin que personne ne la surprît en pleurs, serrant les dents, épaule contre épaule avec Ronsac.

Parvenu chez eux, Ronsac glissa une clé dans la serrure de la porte d'entrée, l'y laissa, ouvrit en grand et poussa brutalement sa fille dans le dos. Il referma ensuite derrière elle à double tour. Le cliquetis du pêne et les pas de son père s'éloignant dans l'allée gravillonnée la laissèrent interdite, puis désespérée, et enfin folle de rage.

Lydie attendait son époux devant le cimetière, moins par obligation de jouer les plantes d'ornement que rongée par l'envie brûlante de téléphoner à Xavier Thouar. Dès qu'elle fut hors de vue, elle essaya de le joindre. En vain. Elle ne laissa aucun message sur la boîte vocale.

45

La veille de l'enterrement, en pleine nuit, Xavier Thouar laissa son téléphone chez lui. Il prit soin de vidanger le réservoir de son fourgon et de remplir des jerricans. Il était préférable de ne pas être filmé par une caméra de surveillance dans une station-service. La mission le mettait mal à l'aise. Il ne pigeait pas en quoi l'incendie d'une grange ferait avancer les projets du promoteur.

À deux heures du matin, il déchargea trois jerricans à proximité du hameau et les dissimula sous des buissons. Il remonta dans son fourgon et roula deux kilomètres avant de le garer dans un chemin de terre, à l'abri des regards. Il refit le chemin à pied, n'hésitant pas à se jeter dans le fossé au passage d'une voiture. Il aimait se déplacer la nuit, l'oreille aux aguets, à la lueur de sa lampe frontale. Les mains dans les poches de son Bombers, un bonnet enfoncé jusqu'aux oreilles, il marcha le long de la départementale sans rencontrer personne, si ce n'était un renard qui prit la tangente dès qu'il l'entendit. Vingt minutes plus tard, il rejoignit le buisson où il avait caché les jerricans et vérifia qu'ils étaient toujours là. Rassuré, il longea une barrière renforcée par du grillage jusqu'à trouver une brèche. Dans chaque système de protection, surtout rudimentaire comme celui mis en place par les zadistes, il y avait une faille. Ici, elle se concrétisait par un piquet pourri qui se brisa d'une simple poussée. Thouar remit le piquet en place avant de repartir en direction du buisson et des jerricans. Il se prépara à attendre de longues heures. Si les informations de Dauman étaient justes, il n'y aurait du mouvement dans le camp des zadistes qu'au petit matin. Il cala son dos contre un des jerricans, consulta sa montre et sortit d'une de ses poches un tube de Guronsan. Il croqua deux comprimés et prit son mal en patience. Il évita de se demander si Dauman le payait à sa juste valeur pour veiller le cul sur l'herbe au milieu de nulle part. Les heures suivantes, Thouar se fondit dans le paysage. Il *se caméléonisa*, comme il aimait à le dire.

Une aube incertaine et brumeuse naquit alors qu'il ne s'y attendait plus. Sans bouger d'un pouce, il observa le hameau se réveiller. De son poste de guet, à une cinquantaine de mètres de la ferme principale, il distingua plusieurs silhouettes. Elles émergèrent des maisons et de yourtes en vis-à-vis.

Sa montre indiquait exactement 7 h quand il déplia avec précaution ses jambes. Il se dandina d'une fesse sur l'autre afin de combattre la raideur engourdissant le bas de son dos. Il mangea ensuite une barre de céréales. Le plus dur restait à venir.

Dans le camp retranché, des zadistes se rassemblèrent. Des portières de voiture s'ouvrirent. Des pleurs d'enfant parvinrent jusqu'à Thouar, accompagnés de cris. L'idée de se rapprocher pour mieux appréhender la situation lui traversa l'esprit, mais il se ravisa en apercevant une femme et un homme se diriger vers la grange attenante à la ferme. Ils en sortirent en portant des enfants gesticulants dans leurs bras. Quelques minutes plus tard, le cortège de voitures quitta le hameau.

Thouar patienta encore un long moment, craignant un retour intempestif des zadistes. Avec des enfants rétifs, on pouvait envisager tous les cas de figure. Du bout des doigts, il creusa la terre à côté de lui, puis il se mit à genoux, fit glisser la braguette de son pantalon et pissa. Il se servit d'un morceau de bois pour recouvrir son urine qui déjà s'infiltrait dans le sol. Ne jamais laisser de trace… Il s'accroupit, regarda une dernière fois autour de lui, puis il empoigna les poignées des jerricans. Deux dans une main, un dans l'autre. Le dos courbé, il rejoignit la barrière grillagée et le piquet pourri.

46

La cérémonie au cimetière touchait à sa fin quand la nouvelle se répandit. La ZAD flambait ! Elle arriva sous forme d'un SMS sur le portable d'un des conseillers municipaux. Elle se propagea en messe basse de rang en rang. Un frisson de panique et d'incrédulité parcourut les habitants du camp retranché. Vadim surprit le regard inquiet de Ténor. Celui-ci lui fit signe qu'il partait. Il se pencha sur Béa – elle n'avait cessé de pleurer depuis le début de l'enterrement – et lui murmura à l'oreille :

— Tu restes avec Marie et les enfants. Je vais voir ce qu'il se passe.

Des zadistes lui emboîtèrent le pas.

Félix et Lucie lâchèrent la main de leur mère et gesticulèrent à nouveau, ressentant l'émoi autour d'eux. Quelque chose de grave avait lieu, leur instinct d'enfants ne les trompait pas. Marie, incapable de détacher son regard de la terre que les fossoyeurs jetaient maintenant sur le cercueil de son mari, ne bronchait pas. Ne manquait-il pas un bouton à la chemise qu'elle avait choisie pour Titi ? Question stupide dans un tel moment, mais elle s'en voulait de n'avoir pas vérifié. Comment pourrait-elle continuer à vivre sans savoir ? Cette histoire de bouton la rendrait folle à l'avenir.

Marie repoussa Béa et partit d'un pas pressé en direction du parking. Le frère de Titi la regarda s'éloigner et échangea un regard interrogateur avec Béa.

— Elle fait quoi, maman ? demanda Félix.

— Elle va revenir, le rassura Béa.

— Moi, je voulais pas venir… soupira le petit garçon.

Toutes sirènes hurlantes, un camion de pompier traversa la commune, le deuxième en moins de dix minutes.

— Pourquoi y a les pompiers ? s'inquiéta Lucie.

Billy s'approcha de Béa.

— Faudrait qu'on y aille, dit-il.

La jeune femme acquiesça.

— Allez, les enfants, on va rejoindre Marie... proposa-t-elle.

Sur le parking, Marie retrouva un employé des pompes funèbres, le conducteur du fourgon mortuaire.

— Il ne manquait pas un bouton à la chemise de mon mari ? l'aborda-t-elle de but en blanc, sans se rendre compte de l'incongruité de sa question.

L'homme écarquilla les yeux, fit preuve de professionnalisme – il en avait vu d'autres et des plus étranges – et se proposa de téléphoner à son collègue thanatopracteur pour en être sûr. Il composa un numéro, parla quelques secondes et tendit l'appareil à Marie.

— Allez-y, vous pouvez lui demander, dit-il.

Marie exposa son problème d'une voix blanche. Elle écouta la réponse, puis insista :

— Vous êtes certain qu'il y avait tous les boutons ? Même le deuxième en partant du haut ? Et ceux du col aussi ?

Au fur et à mesure de l'échange, le visage de Marie retrouva un peu de couleur. Quand elle rendit le portable à l'employé des pompes funèbres, des gens sortaient du cimetière et venaient lui serrer la main.

Ceux de la ZAD, eux, montèrent en hâte dans les voitures.

— Il y a le feu à la ZAD, Marie. On rentre voir... lui expliqua Béa en lui confiant Félix et Lucie.

Elle monta à l'arrière de la moto de Billy et ils démarrèrent sur les chapeaux de roues.

47

Arrivant à la ZAD, Vadim et Ténor trouvèrent la grille arrachée par les pompiers. À pied d'œuvre, ils arrosaient les façades avant et arrière de la grange. Ténor se fit copieusement engueuler par le gradé qui conduisait les opérations.

— On n'a pas idée de se barricader sans laisser un accès pour les véhicules de secours, bon sang !

— Le feu a pris comment ? intervint Vadim avant que Ténor ne s'en prenne au pompier.

— Pas le temps, l'envoya balader le capitaine. Vous voyez pas qu'on a autre chose à faire, non ?

Le gradé s'éloigna en pestant contre ces zadistes qui ne pensaient à rien.

Ténor entraîna Vadim à l'écart.

— Y a eu trois départs de feu... Les flics arrivent... le prévint-il.

— Tu crois que c'est un coup monté pour qu'on les laisse entrer ?

Ténor ne sut quoi répondre.

— Je vais chez moi voir si tout va bien. J'ai laissé Dame toute seule. Viens me chercher s'il y a besoin... dit-il

Vadim acquiesça et se dirigea vers l'entrée du hameau en entendant la moto de Billy. Béa sauta en marche et courut vers lui, affolée.

— C'est quoi qui brûle ?

Le jeune homme désigna leur maison.

— Et nos affaires ?

Sans attendre sa réponse, elle s'élança vers la grange.

Disposés en arc de cercle et maintenus à distance par les pompiers, les zadistes assistaient impuissants à l'incendie. Une partie du bardage était réduite en cendres. Un trou béant offrait une vue traversante jusqu'à l'arrière du bâtiment, tandis que le mur du fond se consumait, dévoilant une corde à linge, un local à poubelles et le poulailler.

Béa bouscula Zaza à son passage. Cette dernière eut le réflexe de la plaquer au sol.

— Faut pas y aller ! La charpente va s'effondrer ! cria Zaza en maintenant fermement Béa à terre.

La jeune femme se démena pour se dégager. Ses bras fouettèrent l'air. Ses jambes s'agitèrent dans tous les sens. Elle donna de violents coups de reins. Vadim vint à la rescousse de Zaza. Il s'agenouilla à côté de Béa et lui enserra le visage entre ses mains pour l'obliger à le regarder.

— Béa, calme-toi. C'est juste du matos. Que dalle. Personne n'est blessé, c'est le plus important.

Elle s'immobilisa enfin. Vadim posa un baiser sur ses lèvres.

La voix de Billy, détimbrée par le stress, s'éleva :

— My god ! Lucie et Félix, ils voulaient rester dans la grange ! Pas aller à l'enterrement...

Tous se regardèrent et ressentirent une angoisse a posteriori. Le drame aurait pu être autrement plus terrible. L'attention changea soudain quand un pompier cria de s'écarter.

Dans un fracas de tuiles, une partie du toit s'effondra.

48

De retour à son agence, Ronsac reçut un appel de la gendarmerie. On l'informa que l'incendie était circonscrit. On lui précisa qu'il était sans doute d'origine criminelle. Une enquête était ouverte. Son interlocuteur lui spécifia qu'il ne s'agissait pas d'une tentative d'escroquerie à l'assurance. D'après les premières constatations, la grange avait été transformée sans déclaration de changement de destination et n'était de fait pas assurée. Si la piste criminelle s'avérait être la bonne, on orienterait l'enquête dans d'autres directions. Le cœur de Ronsac s'emballa. Était-il possible que Dauman… ? Il remercia le gendarme et raccrocha.

Les prochaines élections municipales auraient lieu dans un peu plus de deux ans. Demain, et si loin, pourtant. Il s'assit dans son fauteuil et ferma les yeux. Un mal de tête aigu lui enserrait le crâne. Ces derniers temps, sa santé se ressentait de toutes les contrariétés qu'il affrontait quotidiennement. Ronsac frôlait le burn-out. Sans cesse sous pression, il était assailli par l'angoisse. Sa vie familiale frisait la déconfiture. Son mandat de maire mettait à mal sa vie professionnelle. Le comportement de Lou empirait de jour en jour. Il redoutait de la retrouver un soir le nez plein de coke ou une seringue fichée dans le bras. À moins que ce ne fût dans le lit d'un homme…

Il avait été un élu efficace, serviable, économe et ambitieux pour sa commune. Par la faute de Dauman et de ses promesses d'expansion faramineuse, Ronsac s'était transformé en une marionnette corrompue. Il vivait dans la terreur d'être confondu.

— Il faut que je démissionne avant que Dauman me détruise, marmonna-t-il entre ses dents.

N'était-il pas déjà trop tard ? Si Dauman était responsable de l'incendie, de quoi d'autre serait-il capable ?

Ronsac se frotta les tempes pour tenter de réduire la douleur qui vrillait son cerveau, puis il s'empara de son téléphone et appela Lydie.

49

J'ai lu dans un magazine le témoignage d'une femme qui définissait sa vie familiale comme une peine de prison à perpétuité. Je n'avais pas compris ses propos, les trouvant exagérés, et pourtant...

Quelques mois après l'élection de Vincent, je ressentais de la lassitude à l'accompagner aux cérémonies officielles. Au début, c'était naturel. Je rencontrais les gens dont il me parlait le soir. Il partageait avec moi sa vie d'élu. Assez vite, j'ai su que la femme d'un maire ne servait à pas grand-chose, si ce n'est à rien. Personne ne m'écrivait pour me demander d'intervenir en sa faveur ou de faire partie d'une association. La femme d'un maire n'est pas la première dame de la commune.

J'ai continué à aller aux repas de fin d'année, aux cérémonies, aux enterrements comme aujourd'hui. Uniquement pour ne pas faire de vagues. Expliquer à Vincent que tout cela me saoule m'obligerait à l'éclairer sur le reste... Ça, c'est inenvisageable. Davantage depuis son appel téléphonique.

Partir en vacances tout de suite ? Sans avoir réservé ? À cette période de l'année ? Pour aller où ? Et son boulot ? La mairie ? Et Lou, on en fait quoi ?

À toutes mes questions, il a répondu qu'il s'en fichait, qu'on trouverait bien une solution. Il fallait le faire, il en avait besoin. Je lui ai dit qu'on en parlerait calmement dans la soirée.

Maintenant, je me sens oppressée. Déjà, la matinée n'a pas été facile. Xavier ne répond pas au téléphone. Vincent, et son air crispé, qui serre des mains devant l'entrée du cimetière sans faire attention à moi. Tous ces gens qui passent devant moi sans me voir – j'ai reconnu le fameux Vadim. Vincent qui me plante pour aller à son agence. Xavier ne répond toujours pas. En rentrant à la maison, je trouve Lou, enfermée dans sa chambre, le visage dévasté par les larmes. Elle refuse de m'adresser la parole.

Alors oui, la vie de famille peut être un enfermement à perpétuité. Si j'accepte de partir quelques jours avec Vincent, je transporterai les murs de ma prison avec moi.

Lydie, tu dois agir !

D'abord, comprendre ce qui se passe dans la tête de ta fille.

Puisqu'elle ne veut ne pas communiquer avec toi, va à la source : son journal intime.

Je n'ai pas le choix…

50

Le lendemain, moteur en marche, le SUV de Dauman s'arrêta derrière l'usine désaffectée, près de Xavier Thouar, arrivé, comme à son habitude, plus de quinze minutes à l'avance.

Le promoteur fit descendre la vitre côté passager et brandit la première page de *Sud Ouest*. Elle titrait : *Incendie à la ZAD, la piste criminelle confirmée.*

— Tu peux m'expliquer ça, connard ? beugla Dauman, le visage ulcéré.

Thouar ne s'attendait pas à une telle réception. Une sueur froide glaça son front et il eut beaucoup de difficultés à se contenir.

Il était 7 h du matin. Il n'avait pas écouté les infos. À quoi bon ? Ils ne racontaient que des conneries. Thouar se repassa en accéléré les évènements de la veille. Avait-il commis une erreur ?

Assuré de n'avoir laissé derrière lui aucun indice susceptible de l'incriminer, il posa ses deux mains sur la portière et s'obligea à garder son calme.

— Vous m'avez demandé de foutre le feu, Monsieur Dauman. Pas de faire croire à un accident. Alors, j'ai rempli ma mission. De grange, y en a plus…

— Tu prends vraiment les gendarmes pour des cons ? Tu crois qu'ils vont mettre combien de temps avant de s'intéresser à moi ?

— Je pensais que vous saviez ce que vous vouliez, répondit Xavier de la voix la plus posée possible.

Il ajouta pour faire bonne mesure : « *Monsieur Dauman…* »

Il ne haussa pas la voix, se sachant suffisamment imposant pour ne pas avoir à le faire ; et même si, à choisir, un bon coup de boule dans la gueule de Dauman l'aurait défoulé. Ce n'était pas la première fois qu'un client créait des embrouilles au moment du solde. Thouar inspira profondément et dit d'une voix qui n'appelait pas à la discussion :

— Je vous ai demandé un rencart pour que vous me payiez mes 1 000 euros, pas pour discuter de la pluie et du beau temps...

— Va te faire foutre ! lança Dauman en appuyant sur la commande des vitres pour la remonter.

Il accéléra brusquement et la voiture fit un bond. Thouar s'écarta vivement pour éviter le choc.

Le SUV prit de la distance dans un nuage de poussière. En courant, Thouar aurait pu tenter de le rattraper, mais à quoi bon ? Il économisa ses forces, cracha par terre et remonta dans son fourgon.

Personne ne l'avait jamais traité de connard. Personne ne lui avait dit d'aller se faire foutre sans le payer cher.

Tout était une question de timing...

51

Ramenée de force à la maison la veille, Lou n'avait pas adressé la parole à Ronsac. Lui-même n'avait pas tenté de renouer le contact. Lou l'avait croisé dans le salon. Il fit comme si elle était transparente. Curieusement, Lydie n'avait même pas demandé pourquoi sa fille était enfermée dans sa chambre. Ni les raisons de son visage bouffi.

Lou exécrait cette indifférence parentale. Ronsac et Lydie complotaient à voix basse, enfermés dans leur chambre ou dans la cuisine dès qu'elle tournait le dos. Lou entendit quelques bribes, il était question de vacances. *Vacances*, un mot négligé jusqu'à présent dans sa famille. Ils lui fichaient la paix, et pourtant, elle n'en ressentait aucun soulagement. Au contraire, ce rejet ébranlait ses certitudes et la privait des disputes quotidiennes lui offrant l'occasion de se rebeller. Sans ces affrontements, Lou n'était plus qu'une gamine inféodée à l'ordinaire d'une vie familiale décevante.

Pour épancher son cœur, Lou décida de noter son amertume, pour ne pas dire sa haine, dans son journal intime. Elle ouvrit le tiroir de sa commode et glissa la main sous ses culottes. Rien. Elle balança par terre tous ses sous-vêtements d'un geste rageur et inquiet. Pas de journal. Disparu. Elle déglutit avec difficulté, saisie par la peur que sa mère soit la responsable de cette disparition. Qui d'autre ? Lou songea aux horreurs qu'elle avait écrites sur Lydie, mais avant tout, au papier volé dans les affaires de son père et caché dans le journal. À quel point était-il important ? Quelle idée avait-elle eue en le dérobant ? Punir Ronsac ? Un trophée ? Lou fouilla avec frénésie les autres tiroirs de la commode. En vain.

52

Lydie laissa plusieurs messages d'affilé sur la boîte vocale de Thouar. Les premiers, alors qu'il se trouvait à la ZAD, murmurés sur un ton coquin et plein de sous-entendus. Deux autres, quelques heures plus tard. Le ton avait changé et transpirait l'urgence. La panique. Elle devait le voir. Vite. Puis elle l'avait enfin rappelé ce jour même.

Il rentrait de son rendez-vous avec Dauman, lesté d'une colère froide. Thouar avait accepté qu'elle passe le voir en fin de matinée. Lou serait à son cours de piano. Il y avait urgence. Xavier la connaissait suffisamment pour savoir qu'elle n'était pas femme à s'inquiéter sans raison. Ronsac soupçonnait-il quelque chose ? Mais Lydie lui aurait immédiatement dit : « Il sait tout », ou quelque chose d'approchant. Lou avait-elle de nouveau fugué ? Il balaya cette pensée. Qu'y pouvait-il ? Peut-être avait-elle des nouvelles de l'enquête de gendarmerie. Avait-elle entendu son nom ? Ou bien la description d'un fourgon ? Le sien ? Un zadiste resté au camp l'avait-il vu ? Sa mission avait fonctionné comme sur des roulettes ; pour quelle raison se serait-il occupé d'un éventuel problème ?

Lydie se gara le long du chenil. Les chiens aboyèrent, se jetant sur la grille. Xavier ouvrit la porte et Lydie se précipita à l'intérieur. Aussitôt, les animaux se turent.

Lydie se laissa tomber sur le canapé.

— Oh, je n'en peux plus… dit-elle, d'une voix où la lassitude le disputait à l'anxiété.

Xavier demeura un instant interdit. Lydie, plus belle que jamais, semblait soudain devenue si fragile. Il s'agenouilla à ses pieds et lui prit les mains avec une douceur inaccoutumée, comme s'il craignait de lui briser les doigts.

— Je suis à bout. Il me fait une vie d'enfer pour qu'on parte en vacances, se plaignit-elle. N'importe où, mais tout de suite. Il se fiche complètement de ce qu'on fera de Lou. Il est prêt à demander à la famille d'accueil de Marion de la garder. N'importe quoi !

Des sanglots hachaient ses phrases et elle avait des difficultés à reprendre son souffle.

— Il a sûrement envie que vous passiez du temps ensemble… tenta Thouar.

Lydie secoua la tête et renifla bruyamment. De petites mèches se détachèrent de son chignon.

— Tu parles ! s'énerva-t-elle. Non, il a peur, mais refuse de me dire de quoi. Il répète sans arrêt qu'il veut qu'on parte. Rien à en tirer… Mais ce n'est pas tout…

Lydie dégagea ses mains et farfouilla dans son sac abandonné à côté d'elle sur le canapé. Elle en sortit une trousse de maquillage, divers papiers, des protections hygiéniques, trois bonbons à la menthe claire, une carte de la médiathèque, un paquet de Kleenex – tout un inventaire à la Prévert sous l'œil étonné de Xavier – et, enfin, ce qu'elle cherchait : une feuille de papier pliée en quatre.

— C'était dans le journal intime de Lou ! dit-elle en exhibant le document. Et ça me rend complètement folle !

Thouar s'assit à côté d'elle sur le canapé, essayant de ne pas écraser tout le bric-à-brac étalé sur les coussins. Il prit la feuille et la déplia – un récépissé bancaire. 50 000 euros !

— Tu as demandé d'où ça venait ?

Lydie fit une moue désabusée.

— Pour qu'il comprenne que Lou l'a volé ?

Elle prit un mouchoir dans le paquet de Kleenex et se moucha avant de reprendre :

— Je suis piégée… Un comble, il y a trois jours, je lui ai dit que je voulais changer de voiture, il m'a répondu qu'il n'avait pas un sou d'avance. Quel culot ! C'est quoi cet argent, d'après toi ?

Pour Xavier, la situation était d'une limpidité enfantine. Dauman graissait la patte au maire, alors que l'enfoiré refusait de lui solder son compte. Le promoteur venait de signer son arrêt de mort, ou presque. La décision de Xavier était prise, il lui foutrait la trouille de sa vie.

Il rendit le papier à Lydie et se leva.

— Écoute, princesse, j'ai un truc urgent à faire. Je crois que ton mari ne fréquente pas les bonnes personnes. Partir quelques jours en vacances n'y changera rien. Toi, prends tes distances. Rappelle-moi demain. On trouvera un moment pour tout mettre à plat.

Il lui caressa la joue du bout des doigts, puis se dirigea vers la porte d'entrée. Quand elle se referma derrière lui, Lydie se leva à son tour et se rendit aux toilettes. Une envie urgente…

Les bêtes bondirent de joie en voyant leur maître se diriger vers elles. Thouar entra dans le chenil et repoussa la porte d'un coup de reins. Les chiens, Triss en tête, se regroupèrent autour de lui. Il les repoussa sans ménagement et se dirigea vers l'abri où il entreposait leur nourriture ainsi que divers matériels. Il y pénétra et, aussitôt, souleva et déplaça les sacs de croquettes de 25 kilos qu'il achetait en gros afin d'atteindre une planche en bois. À l'aide d'un tournevis, il la déjointa. Elle recouvrait une cache dans laquelle il dissimulait du liquide et un pistolet acquis sur le darknet. Jusqu'à ce jour, il ne s'en servait qu'à l'entraînement, sur une cible. Il récupéra aussi une boîte de munitions, bascula le barillet et l'arma de six balles. Dans le chenil, les chiens,

150

impatients de le voir ressortir avec leurs gamelles pleines, gémissaient de plus belle. Thouar, concentré, n'y prêta guère attention.

Il ressortit bientôt de l'abri, le pistolet à la main, tout en fabulant la scène qu'il jouerait dans le bureau de Dauman. Il la répéta à blanc, fourguant l'arme dans la poche arrière de son jean. Il écarta les jambes, attendit quelques secondes, puis la reprit d'un geste vif et précis. Il la braqua droit devant lui, sur un Dauman qu'il imaginait épouvanté. Une scène tout droit sortie d'un western dont il serait le principal acteur. Avant que Thouar n'eût réalisé ce qui lui arrivait, et dans un réflexe inné, résultat d'un dressage intensif, Triss se jeta sur son maître. Revenant brutalement à la réalité, celui-ci tenta en vain d'esquiver l'attaque. Le malinois le heurta de plein fouet sur son flanc droit. Xavier glissa et s'affala lourdement sur le sol. La meute cédant à un instinct grégaire suivit l'exemple du mâle dominant. Elle attaqua à son tour, prise d'une frénésie irrépressible.

Thouar aurait pu s'en sortir en élevant la voix, si un malencontreux coup de feu, dû à la crispation involontaire de son index sur la queue de détente du pistolet, ne l'avait pas atteint à la tête, à hauteur de la tempe.

La déflagration excita davantage encore les bêtes.

À l'instant où elle sortait des toilettes, Lydie entendit une détonation. Elle se précipita à la fenêtre du salon donnant sur le chenil. Elle ne vit dans un premier temps que les chiens. Ils gesticulaient autour de ce qu'elle crut être un repas en commun. Elle s'apprêtait à faire demi-tour quand elle aperçut la main de Xavier, puis une sorte de bonnet rouge qu'elle n'identifia pas… avant de réprimer un haut-le-cœur en saisissant toute l'horreur de la scène qu'elle avait sous les yeux. Son amant se faisait déchiqueter par ses chiens, là, devant elle, impuissante.

Lydie s'empara de son sac à main dans un mouvement d'extrême panique. Elle quitta le pavillon en hâte en laissant derrière elle, sur le canapé, les effets qu'elle n'avait pas pris le temps de remettre à leur place. Le récépissé d'un dépôt de 50 000 euros sur un compte à l'étranger, lui, reposait ouvert sur la table basse…

53

Béa demanda au chef de service de cardiologie de convaincre son père de rester une journée de plus à l'hôpital. Pas question qu'il rentrât à la maison qui empestait la fumée froide, ni qu'il vît les restes calcinés de sa grange. Béa avait minimisé les faits à son père. Le suicide de Titi, déjà, fut une terrible nouvelle à annoncer à un homme au sortir du coma. Elle s'en acquitta sur les conseils de Ténor et de Vadim, avec l'aval du médecin. Mativet exigea qu'on le laissât seul après avoir demandé des nouvelles de Marie et des petits. Deux jours durant, il ne desserra pas les dents.

L'annonce de l'incendie lui fouetta les sangs. Il ne tint plus en place, mena une vie infernale aux infirmières et engueula le médecin à chacune de ses visites. Son état général s'améliorait. Le cardiologue annonça à Béa que son père pouvait rentrer chez lui.

— Ne l'infantilisez pas, la prévint-il. Il doit retrouver son autonomie. C'est important autant pour sa santé physique que morale.

Béa vint le chercher. Dans la voiture, malgré la fraîcheur d'un printemps tardif, Régis baissa la vitre et respira l'air vif à grandes goulées. Si les médecins lui avaient sauvé la vie, le cuistot avait failli la lui ôter, plaisanta-t-il.

— Jamais j'ai mangé aussi mal de toute ma vie !

Au hameau, des camarades avaient préparé une petite réception en l'honneur de celui qu'ils appelaient entre eux *Survivator*.

Ces deux derniers jours, ils cohabitaient avec des enquêteurs, une équipe scientifique de la gendarmerie et même des journalistes. Vadim et Béa n'étaient toujours pas autorisés à fouiller les décombres, ni même à s'approcher de la grange brûlée. Le périmètre était cerné par de la rubalise. Le jeune couple s'était installé dans l'ancienne chambre de Béa, au premier étage de la maison de Régis. Ils avaient troqué le vieux lit une place contre un grand matelas posé à même le parquet.

Vadim commentait avec humour les photos avec lesquelles, adolescente, elle avait décoré les murs.

— Béa conduit le tracteur de papa, mais n'a pas toutes ses dents...

— Normal, j'avais six ans ! Je venais de les perdre !

— Béa va jeter sa flûte dans la cheminée...

— C'est pas une flûte, c'est un bouffadou, espèce de citadin ignare ! C'est pour attiser le feu !

Vadim était pourtant épuisé et angoissé. L'incendie le visait-il personnellement ? Béa était-elle menacée ? Que se serait-il passé, le jour de l'enterrement, si Marie avait cédé ? Si elle avait autorisé Lucie et Félix à rester dans la grange pour jouer avec l'immense château fort en cubes fabriqué par Vadim pour fêter leur retour au hameau ?

Vadim termina de nettoyer la cuisine de Régis en sifflotant un air qui, d'habitude, le rendait heureux : *La Javanaise*. Régis et Béa ne tarderaient pas.

Dehors, Zaza, Billy et Gabriella dressèrent une longue table derrière le hangar. Régis pourrait y déjeuner à son aise sans voir ni les décombres ni la rubalise. Ténor apporta un plateau de ses fromages, accompagné par Dame.

154

54

Le facteur se recroquevilla à terre et s'appuya contre la roue avant de son véhicule de fonction. Il aurait voulu se lever qu'il ne l'aurait pas pu. Les gendarmes, sur place après qu'ils les avaient appelés, téléphonèrent à son responsable afin qu'il vînt le récupérer.

Justin Lacimouillas, de son nom, n'avait rien vu de tel en 28 ans de carrière. Il en avait vomi son casse-croûte dans l'allée gravillonnée de la propriété de Thouar.

Quelques minutes auparavant, pourtant, il s'était senti chanceux. La grille était ouverte. Il s'était engouffré sans descendre de sa voiture pour sonner à l'interphone. Le genre de détails qui transformait une tournée interminable en parcours de santé. Paunac était une commune très étendue. Depuis qu'il avait fait grève pour le maintien du service public, deux ans plus tôt, on lui avait retiré le centre-ville de sa tournée pour le cantonner à la périphérie. Des kilomètres et des kilomètres de routes communales accidentées.

Justin s'était avancé en voiture dans l'allée séparant le chenil du pavillon. Il avait pris le colis trop volumineux pour être déposé dans la boîte aux lettres après l'avoir scanné, puis s'était dirigé à pied vers la porte d'entrée entrebâillée.

L'indifférence inhabituelle des molosses à sa présence l'avait intrigué. Il avait jeté un coup d'œil vers le chenil. Dans sa ligne de mire, il avait découvert l'horreur : la meute se disputant les restes de la tête de Xavier Thouar.

— À deux ans de la retraite, je méritais mieux que cette vision cauchemardesque, s'épancha-t-il auprès d'un brigadier entre deux hoquets nauséeux.

Peu de temps après leur arrivée, les gendarmes appelèrent un vétérinaire. Ils lui expliquèrent la situation et lui demandèrent de venir endormir les chiens à l'aide d'un fusil anesthésiant.

À l'intérieur du pavillon, deux militaires s'occupèrent des premières constatations d'usage. Ils mirent la main sur divers objets qui, de toute évidence, n'appartenaient pas au défunt, dont une carte de la médiathèque au nom de Lydie Ronsac.

Ils trouvèrent aussi sur la table basse du salon le récépissé d'un dépôt de 50 000 euros au nom de Vincent Ronsac.

55

Vincent Ronsac gara sa voiture sur le parking de la mairie, après avoir végété toute la journée à son agence, sans parvenir à terminer le programme qu'il s'était fixé, laissant en plan un dossier épineux. Quelques semaines plus tôt, il aurait été excité de batailler avec l'expert de la compagnie adverse pour faire valoir son point de vue. Aujourd'hui, il n'en avait plus la force. Il était incapable de convaincre qui que ce soit, pas même Lydie, qu'il n'arrivait plus à gérer.

Il claqua la portière de sa voiture et s'y adossa un instant pour réfléchir. Il signerait le courrier en retard déposé dans le parapheur par sa secrétaire, puis laisserait une note signalant son absence pour la semaine et rentrerait chez lui préparer ses affaires de voyage. Que Lydie l'accompagne ou non, il s'en contrefichait. Il mettrait quelques centaines de kilomètres entre lui et cette foutue commune. Il se rendrait injoignable en éteignant son portable. Il se bourrerait la gueule. Ragaillardi par cette perspective, il grimpa le perron de la mairie.

À peine était-il dans son bureau, un coup toqué à la porte le fit sursauter.

— Entrez ! cria-t-il en s'asseyant.

Le capitaine de gendarmerie Marcelin, accompagné d'un lieutenant dont Ronsac ne connaissait pas le nom, s'avança. « Que du beau monde ! » pensa-t-il en se relevant pour leur tendre la main.

— Capitaine, que me vaut le plaisir ?

Marcelin lui serra la main.

— Un suicide, Monsieur le Maire…

— Encore un ! Qui est-ce ? s'inquiéta Ronsac.

— Thouar. Xavier Thouar. Agent de sécurité. Il habite… enfin, il habitait au lieu-dit Le Cayre. Vous le connaissez ?

Le maire essaya de se rappeler d'un dénommé Thouar. Sans résultat. La commune comptait plus de trois mille habitants. 3 254 exactement au dernier recensement, qui remontait à quatre ans. Il ne pouvait pas les connaître tous.

— Non, je ne vois pas, mais je peux demander à ma secrétaire. Elle verra peut-être de qui il s'agit…

Le capitaine déclina l'offre. Il se tourna vers son subalterne, qui lui tendit une pochette transparente fermée par une glissière.

— On a trouvé ça chez lui…

Le gradé ne lui tendit pas la pochette pour qu'il la prenne. Ronsac dut s'avancer pour voir ce qu'elle contenait.

Il reconnut sans difficulté la photomaton de Lydie collée en haut à gauche sur la carte de la médiathèque. À côté, il vit le récépissé bancaire à son nom. Un véritable coup de massue sur la nuque et il se força à garder un semblant de sang-froid. Le regard des deux gendarmes pesait sur lui. Jouant le tout pour le tout, il déclara en feignant de son mieux la naïveté :

— Mon épouse sera contente ! Depuis le temps qu'elle la cherche, cette carte !

— Où l'avait-elle égarée ? s'enquit le capitaine, sans lâcher des yeux l'édile.

Ronsac contourna son bureau et se rassit dans son fauteuil. Il fit mine de ne pas savoir. Lydie avait une cervelle de moineau, tout le monde savait ça.

— Pour ce pauvre bougre, enchaîna-t-il, il y a une famille à prévenir ? Je peux m'en charger, si vous voulez…

— Ce reçu bancaire à votre nom… Vous l'avez aussi égaré ? poursuivit Marcelin.

Ronsac se donna une contenance en croisant les bras sur son bureau et en se penchant légèrement en avant. En réalité, il cherchait un appui pour ne pas s'effondrer.

— La seule explication que j'aie, dit-il, c'est que mon épouse l'a perdu en même temps que sa carte. Elle a dû le faire tomber en prenant quelque chose dans son portefeuille. Ah ! Vous savez bien ce qu'on dit à propos des sacs à main des femmes et de leur désordre...

Ronsac parlait trop et trop vite. Il le savait, sans parvenir à se contrôler. Il luttait pour ne pas se pisser dessus d'effroi.

— Très bien, Monsieur le Maire, concéda le capitaine Marcelin. On ne vous dérange pas davantage. On conserve tout ça le temps de terminer notre rapport. Madame Ronsac n'aura qu'à venir les récupérer à la gendarmerie, conclut-il d'une voix conciliante.

— D'accord, Capitaine. Tenez-moi au courant...

56

Lou rentra de son cours de piano en avance et trouva sa mère la tête plongée dans la cuvette des toilettes, à vomir. L'estomac parcouru de spasmes, la bouche ouverte, plus rien n'en sortait. Son visage ruisselait d'un mélange de larmes et de transpiration et faisait peine à voir.

L'adolescente surmonta son dégoût et s'inquiéta de son sort. Lydie hoqueta sans parvenir à se redresser ni à lui répondre.

— Tu devrais t'allonger… lui conseilla Lou en se pinçant le nez.

Elle attrapa sa mère par les hanches et la souleva pour l'éloigner de la cuvette des toilettes. Lydie résista, agrippée à l'abattant et Lou lâcha prise.

Elle fourragea dans le placard, y dénicha un gant de toilette et le passa sous l'eau froide.

— Allez, maman, viens ! Je vais te mettre le gant sur le front, après tu iras mieux, l'admonesta-t-elle.

Se faisant, elle tira la chasse d'eau et Lydie se recula pour ne pas être aspergée. Lou en profita pour l'entraîner hors des toilettes et la conduisit jusqu'à sa chambre. Elle l'aida à s'allonger sur le dos.

Sitôt sur le matelas, Lydie se tourna sur le côté, ramena ses genoux contre sa poitrine et éclata en sanglots.

— Qu'est-ce qui t'arrive, maman ? Tu veux que j'appelle le médecin ou papa ? s'alarma Lou.

Elle l'entendit gémir *non, non, non*. Lydie lui agrippa la main et l'attira vers elle.

— Lou… Tu ne dois parler de tout ça à personne… À personne, tu me le jures ?

— Me dis pas que t'es enceinte de… ? s'écria Lou, soudain sujette à une pensée à la fois absurde et terrifiante.

Lydie cessa de pleurer en entendant une telle aberration.

— Ne dis pas n'importe quoi, enfin… Bien sûr que non !

Lou pouvait-elle la croire ? Il le fallait pourtant.

— Putain, c'est quoi alors ? insista-t-elle afin d'en avoir le cœur net.

— Si je te le dis, n'en parle pas à ton père… Il a suffisamment de soucis comme ça. Promets-moi.

57

Après le départ des gendarmes, Ronsac alla à la fenêtre, l'ouvrit en grand et respira à pleins poumons. Une fois calmé, il appela Dauman.

Le promoteur répondit à la deuxième sonnerie. Ronsac commença à exposer d'une voix neutre les faits, comme s'il n'était qu'un simple spectateur. Il s'étonnait de la vitesse avec laquelle il reprenait le dessus.

Dauman saisit tout de suite l'urgence de la situation.

— Pas au téléphone ! le stoppa-t-il net. Rejoignez-moi là où nous nous sommes vus en janvier ! trancha-t-il enfin avant que le maire ne lui déballât toute l'histoire.

Ronsac, sans prendre la peine de fermer la fenêtre ni d'éteindre la lumière, quitta son bureau. Il conduisit dans un état second, et quand il parvint à destination, le SUV de Dauman était déjà là, à l'abri des regards, derrière l'usine désaffectée. Ronsac serra le frein à main sans passer au point mort, la voiture fit un bond avant de caler. Il en sortit et se dirigea vers le véhicule de Dauman. Resté derrière son volant, ce dernier se pencha sur le siège passager pour lui ouvrir la portière. Le maire n'attendit pas d'être assis pour lui adresser la parole. En réalité, depuis le coup de fil, il ne cessait de lui parler dans sa tête.

— C'est la merde, Dauman. Le bordel intégral ! Ils ont découvert chez un type des affaires appartenant à ma femme et le reçu de la banque que vous m'aviez donné !

— Qui *ils* ?

— Les gendarmes ! aboya Ronsac. Je n'ai aucune idée de ce que ça faisait chez ce type. En plus, ce con s'est suicidé !

Dauman marqua le coup.

— Thouar s'est suicidé ?

— Vous le connaissez ? s'étonna Ronsac.

Le promoteur ne répondant pas, il enchaîna :

— Comment savez-vous qu'il s'appelait Thouar ? Putain, Dauman, dites-moi ce qui se passe !

Dauman frappa du poing le volant. Si les gendarmes s'intéressaient de près à ce document, ils remonteraient jusqu'à lui.

— Vous avez laissé traîner ce papier chez vous ! s'emporta-t-il. Vous pouviez pas le mettre au coffre ?

Il se réfréna pour ne pas lui en coller une, puis demanda en se maîtrisant tant bien que mal :

— C'est arrivé quand, putain, votre histoire avec les gendarmes ?

— Tout à l'heure... Je sais pas... Mais on ne le connaît pas, ce Thouar. Il a pas pu nous cambrioler sans qu'on s'en aperçoive. Ça n'a pas de sens.

— Pour le suicide, ils en sont certains ? insista Dauman. Ça ne peut pas être un crime passionnel ou un truc dans ce genre ?

— On est à Paunac, pas à Chicago... Qui voulez-vous qui tue un type comme ce Thouar ? se récria Ronsac.

Dauman fut tenté de lui écraser la tête contre le tableau de bord. D'où sortait cet imbécile ? Un niais pareil, ça n'existait pas... Et maire, en plus ! Ça puait la merde à plein nez, son histoire.

— Votre femme, espèce d'abruti ! Il se la tapait sous vos yeux ! explosa-t-il. Alors maintenant, vous rentrez chez vous et vous n'en bougez pas ! Croisons les doigts pour que les gendarmes accréditent la thèse du suicide et referment sans délai le dossier. Mais surtout, vous ne m'appelez plus ! Vous m'avez bien compris ? Vous et moi, on ne se connaît pas !

58

Lou, allongée sur son lit, conjurait son ennui en visionnant sur sa tablette, et pour la énième fois, *Virgin suicides* de Sofia Coppola, quand elle entendit la porte de l'entrée s'ouvrir avec fracas. Elle se leva pour prévenir Vincent de faire moins de bruit. Lydie, malade, se reposait.

Dans le salon, elle le vit se diriger à grands pas vers la chambre parentale. Son visage grimaçait sous l'effet de la colère. Elle tenta de le rattraper.

— Papa, qu'est-ce que...

Trop tard. D'un coup de pied, Ronsac envoya valdinguer la porte de la chambre et disparut à l'intérieur. Lou s'y précipita à son tour. Déjà, son père empoignait Lydie par les épaules et la tirait hors du lit.

— C'est qui, ce type ? hurla-t-il en la secouant.

Réveillée en sursaut et ne sachant pas ce qui lui arrivait, Lydie poussa un cri et se débattit. Elle reconnut, après quelques secondes de stupeur, son mari qui s'acharnait sur elle.

— Mais Vincent, arrête, tu me fais mal ! l'implora-t-elle.

Tout à sa fureur, celui-ci ne l'entendit pas. Lou, impuissante, assistait à la scène sans savoir comment s'interposer entre son père et sa mère et mettre fin à cet accès de sauvagerie.

— Alors, salope, tu vas me répondre, oui ou non ? C'est qui ce type avec qui tu t'envoyais en l'air ?

N'obtenant pas de réponse, il lui balança une gifle magistrale en travers de la figure.

Lou poussa un cri horrifié et se jeta sur son père.

— Lâche-la ! Papa ! Lâche-la ! Tu lui fais mal !

Elle lui agrippa le dos de sa veste et tira de toutes ses forces. Ronsac se dégagea d'un coup de reins.

— Toi, mêle-toi de tes affaires ! Ta mère n'est qu'une grosse pute !

Lou, déséquilibrée, tomba, et l'arrière de son crâne heurta durement le chambranle de la porte, la laissant groggy un court instant.

Ronsac, trop occupé à empoigner Lydie par les cheveux, ne s'en aperçut pas.

— Mais arrête ! T'es malade ! hurla son épouse, tandis qu'il la faisait dégringoler du lit et la bourrait de coups de poing.

Lou retrouva ses esprits et s'enfuit de la chambre. Une fois dehors, elle hésita sur la conduite à tenir. Elle se devait d'agir vite. Son père allait tuer sa mère, elle en était convaincue. Elle s'élança en direction de la boulangerie, le commerce le plus proche, et entra en trombe dans le magasin.

— Il faut appeler la police, vite ! Il va la tuer ! cria-t-elle à pleins poumons.

Martine Tchakarov terminait de nettoyer le présentoir à baguettes. Elle se redressa en entendant le hurlement de la jeune fille.

59

Les gendarmes parvinrent sur les lieux moins de dix minutes après que la boulangère les eut appelés. Le temps pour Ronsac de traîner sa femme par les cheveux jusqu'au salon, renversant des meubles sur son passage. Il s'en prenait maintenant aux bibelots, les fracassant les uns après les autres sur le sol. Lydie, recroquevillée dans un coin du mur, la nuisette déchirée, l'œil gauche tuméfié, le nez pissant le sang et les joues virant au bleu, pleurait en silence. Vincent donnait l'impression de vouloir réduire sa maison en miettes.

— Je vais te tuer, sale pute ! la menaçait-il quand le capitaine Marcelin entra dans la pièce.

Au bas du perron, Martine Tchakarov tenait Lou serrée dans ses bras.

— Ils sont là, maintenant, ça va se calmer, la rassura-t-elle.

— Ronsac, assez ! tonna Marcelin.

Puis, s'adressant à l'un des subordonnés qui l'accompagnait :

— Lefèvre, mettez madame en sécurité !

Ronsac se tourna vers le capitaine et le salua d'un geste aussi ridicule que martial.

— Tiens, voilà la maréchaussée ! ironisa-t-il, les yeux exorbités, et n'ayant visiblement plus conscience de ce qu'il faisait et disait. Toujours au secours de la veuve et de l'orphelin, à ce que je vois ! Mais vous vous êtes trompés d'adresse ! Ici, il n'y a pas de veuve, juste une vieille putain ! cracha-t-il entre ses dents.

Marcelin entreprit de s'avancer prudemment vers le maire. Il était prêt à parer toute attaque d'un type devenu complètement cinglé. Des forcenés, il en avait déjà vus dans sa vie, mais un maire… D'un geste précis et vif, il lui attrapa le poignet droit.

La seconde suivante, il maîtrisait Ronsac à l'aide d'une clé de bras. Bien qu'il eût la tête baissée et que sa bouche disparaissait dans les plis de sa chemise, Marcelin aurait juré qu'il riait.

Sans aucune considération pour son statut d'élu, Ronsac fut menotté et emmené.

60

La rancœur et le dégoût que Lou avait emmagasinés envers sa mère depuis des mois se volatilisèrent quand elle l'entendit assurer au médecin du SAMU qu'elle ne souhaitait pas se rendre à l'hôpital, mais demeurer auprès de sa fille. Martine Tchakarov, qui s'était montrée d'une efficacité et d'une empathie exemplaires, tenta de lui faire entendre raison.

— Vous aurez besoin d'un certificat médical, la prévint-elle

Lydie s'entêta et ne voulut rien savoir.

— Il faut que je range tout ce bazar… prétexta-t-elle faussement.

Son visage bouffi, recouvert de Bétadine, offrait l'image d'une suppliciée.

— Je vais m'en occuper, maman ! intervint Lou. Va te reposer dans ma chambre.

Le médecin du SAMU finit de ranger ses instruments dans sa mallette et s'adressa à Martine.

— Je lui ai administré un calmant. Il faut qu'elle dorme. Heureusement, elle n'a rien de cassé. J'ai prescrit des radios à faire pour s'en assurer, mais ça devrait aller… Elle n'a qu'à se rendre à l'hôpital demain, elle a été assez secouée comme ça pour aujourd'hui. C'est un miracle qu'elle s'en sorte sans trop de dégâts… conclut-il avant de quitter la maison et de rejoindre la voiture du SAMU garée devant.

Lydie, assise sur le canapé, se massait sans y penser le coude droit. Martine s'approcha d'elle.

— Vous avez entendu ce qu'a dit le docteur ? Il faut dormir. Lou et moi, on se charge du reste…

Lydie refusa d'un mouvement de tête, ce qui lui déclencha une violente douleur dans la nuque.

— Non, merci pour tout ce vous faites, Martine, mais je n'ai pas beaucoup de temps devant moi, dit-elle.

— Pourquoi ? demanda Lou, qui les avait rejointes, une pelle et une balayette à la main.

— Ils vont le relâcher, expliqua Lydie. C'est le maire, tu imagines bien qu'il trouvera un moyen, tu verras. Il va revenir, je le sais, je le sens. Il faut qu'on s'en aille d'ici. Et tout de suite !

— Vous y croyez ? Ils ne vont pas le mettre en prison ? interrogea Lou en se tournant vers la boulangère.

— À l'hôpital, vous serez à l'abri, dit Martine, sans répondre directement à la question.

— Pour qu'il s'en prenne à Lou ? s'insurgea Lydie. Pas question. Il faut qu'on parte toutes les deux ! Mais où... soupira-t-elle.

Lou délaissa balayette et pelle pour s'asseoir à côté de sa mère. Elle rajusta la couverture que les gendarmes avaient posée sur ses épaules. Martine mit sur pieds une chaise encore intacte et prit place face au canapé.

— Chez moi, si vous voulez ? Si votre mari débarque, soyez bien certaine que je saurai le recevoir. Maire ou pas maire, jura-t-elle.

Lydie la remercia, mais expliqua qu'elle ne voulait pas lui causer d'ennuis. Martine en avait déjà assez fait pour elle. Puis elle énuméra les membres de sa famille susceptibles de les accueillir, ainsi que quelques-unes de ses amies, mais à chaque fois, elle se ravisa, réalisant qu'elle n'était pas prête à partager avec ses proches le coup de folie de son époux.

— Pourquoi on n'irait pas à l'hôtel ? suggéra Lou.

Sa mère déclina d'un clignement de paupières. Son corps s'affaissa et sa voix ne fut plus qu'un murmure. Le calmant faisait son effet.

— Pas dans un hôtel, je... murmura-t-elle d'une voix pâteuse, sans parvenir à achever sa phrase.

Lou se leva et, aidée de Martine, allongea sa mère sur le canapé. Elle posa un plaid sur ses pieds nus, tandis que la boulangère glissait un coussin sous sa tête.

Elles restèrent un instant à écouter le rythme régulier de sa respiration.

— On fait quoi, maintenant ? chuchota Martine.

Lou prit une profonde respiration, comme si elle s'apprêtait à plonger en apnée.

— Madame Tchakarov, je sais où on va aller, assura-t-elle. Je vais préparer nos affaires et, après, vous voudrez bien nous emmener ?

Martine acquiesça sans demander où, prête à donner un coup de main à cette petite si mature.

61

Avant d'entamer une procédure, le capitaine Marcelin en référa à sa hiérarchie, qui prévint aussitôt le préfet. Mettre un maire en garde à vue était toujours une affaire sensible. Toutefois, les violences conjugales bénéficiant de moins en moins de complaisance, Marcelin obtint l'autorisation de traiter Ronsac comme un délinquant lambda, ce qui n'était pas pour lui déplaire. Il n'oublierait pas avant longtemps le regard fou du maire et l'air hagard de son épouse, prostrée dans un coin de leur salon.

Et surtout, il détenait dans un tiroir de son bureau le fameux récépissé de l'affaire Thouar. Pour l'instant, il n'avait averti personne de peur que l'enquête lui fût retirée au profit d'un quelconque service financier de la PJ de Bordeaux. Il lui fallait maintenant interroger Ronsac. Depuis qu'il avait été extrait de son domicile, celui-ci s'était calmé. Pas un mot dans la voiture. Pas un mot en arrivant à la gendarmerie. L'homme était en état de choc.

Marcelin quitta son bureau et rejoignit Vincent Ronsac dans la cellule de dégrisement où ses collègues l'avaient enfermé. Il l'observa un instant à travers la vitre blindée. Assis, la tête entre les mains, il pleurait. Le capitaine interpréta son attitude comme le début d'une prise de conscience. Il en fut soulagé. La crise était passée. Nul besoin d'un médecin pour ausculter le prévenu. Il fit signe à un subalterne d'ouvrir la porte. Ronsac se leva lentement et suivit Marcelin à l'extérieur sans qu'il eût besoin de le lui demander.

— Vous voulez un café ? proposa le militaire.

Ronsac accepta, puis s'essuya les yeux et le nez d'un revers de manche. Ses chaussures cirées, auxquelles on avait ôté les lacets, ne lui tenaient pas aux pieds. Il marchait en les glissant sur le carrelage, l'allure d'un bagnard traînant un boulet.

Marcelin lui indiqua la porte de son bureau et Ronsac y pénétra sans faire d'histoires.

— Lefèvre ! Apportez-nous deux cafés, je vous prie !

Marcelin contourna son bureau et s'assit sans quitter le maire des yeux, avachi sur la chaise, le dos courbé, les avant-bras sur les genoux.

— Bon... Que diriez-vous d'avoir une petite discussion entre hommes ?

Ronsac fit un vague geste d'acceptation.

— Parfait, allons-y.

Un temps, et Marcelin reprit :

— Quand un homme porte la main sur son épouse, sa concubine ou sa petite amie, c'est qu'il en a gros sur le cœur. Je me trompe ? La vie conjugale n'est pas un long fleuve tranquille, n'est-ce pas ?

Le maire ne broncha pas.

— L'alcootest effectué à votre arrivée s'avère négatif. Donc, vous conviendrez que cet...

Marcelin fit mine de chercher le mot juste.

— ... cet excès de colère, l'appellerons-nous, n'était pas le résultat d'une consommation abusive d'alcool.

Ronsac était le premier agent de l'État qu'il arrêtait en flagrant délit. Il ne comptait pas lui faire de cadeau. Non seulement il le ferait tomber pour violences conjugales, mais espérait également pouvoir prouver une prise illégale d'intérêts. Dans cette optique, il fallait amener en douceur le maire à avouer que les 50 000 euros versés sur un compte à l'étranger étaient bien ce qu'ils avaient l'air d'être : *un pot-de-vin.*

Lefèvre revint dans le bureau et posa deux tasses sur la table du capitaine, avant de se rasseoir à la sienne, dans un coin, derrière un ordinateur qui n'était pas vraiment de la dernière génération.

Les choses sérieuses pouvaient commencer...

62

Deux sacs de voyage remplis à la va-vite, Martine et Lou aidèrent Lydie à s'habiller. Son visage était déformé par un gonflement impressionnant et elle levait les bras avec beaucoup de difficultés. La boulangère tenta de nouveau et à plusieurs reprises de la convaincre de se rendre à l'hôpital, mais Lydie refusa encore et encore.

— Passez tout de même à la gendarmerie pour porter plainte ! s'entêta la boulangère.

Lydie ne voulut rien entendre. Lou se rangea de son côté, pressée de se réfugier dans le seul endroit où son père ne viendrait pas les chercher : la ZAD.

Martine était sceptique, pas convaincue qu'on leur réserverait le meilleur accueil. Lydie, elle, ne fit pas la moindre objection à la proposition de sa fille et s'en remit entièrement à elle.

Installée à l'arrière de la voiture, Lydie se rendormit dès les premiers hectomètres. Lou, assise sur le siège passager avant, pria la boulangère de plaider leur cause.

— Vous, ils vous connaissent bien, lui dit-elle. Ils vous écouteront. Moi, ils me traitent comme une gamine !

Dans ce pluriel formel, elle ne songeait qu'à Vadim, mais vu les circonstances, elle espérait remonter dans son estime. Elle n'était pas juste une ado en mal de maturité, elle avait su prendre en main la situation, aider sa mère et se montrer forte pour deux.

Devant la grille de la ZAD, Martine klaxonna trois coups brefs suivis d'un plus long. Un code. Quelques secondes plus tard, Billy et Vadim arrivèrent. Billy s'empressa d'ouvrir la grille en reconnaissant la boulangère.

— T'as changé de voiture ? s'étonna-t-il.

Martine avança au ralenti. Par la vitre ouverte, elle lui répondit :

— C'est ma voiture perso ! Je ne viens pas vous livrer. Enfin… si, mais pas du pain.

Lou n'avait d'yeux que pour Vadim. En délicatesse avec l'un des montants de la grille d'entrée, il n'avait pas encore remarqué la présence de la femme et de la fille du maire.

Martine serra le frein à main et, n'y tenant plus, Lou sortit du véhicule et courut vers le jeune homme.

— M'envoie pas chier ! lui lança Lou avant qu'il n'ait le temps d'en placer une. Ma mère et moi, on a besoin de vous. Il veut nous tuer !

Vadim, stupéfait, prit à partie la boulangère qui s'avançait vers lui :

— C'est quoi, ce délire ?

Elle leva les mains au ciel, ne sachant par quel bout commencer.

Billy fit le tour de la voiture et colla son visage contre la vitre arrière pour voir à l'intérieur.

— Eh mec ! Y a quelqu'un qui dort !

— C'est la mère de Lou. Madame Ronsac, intervint Martine.

— Quoi ?

Vadim ouvrit de grands yeux incrédules.

— La femme du maire ? Ben voyons ! Vous en avez d'autres comme celle-là ? Vous êtes sûre que Vincent Ronsac ne se trouve pas dans le coffre, par hasard ?

— Il a été arrêté par les gendarmes. Mais ils vont le relâcher, et nous, on ne veut pas qu'il recommence. On est là à cause de lui ! l'éclaira Lou.

Elle s'agrippa à la chemise de Vadim de peur qu'il les rejette. Un geste inconsidéré qui ulcéra le jeune homme. Il la repoussa brutalement.

— Putain, mais dégage ! cria-t-il.

Billy s'interposa et maintint l'adolescente à distance.

— OK, on se calme, tous les deux… Madame Tchakarov, vous nous expliquez ?

Martine prit une profonde inspiration, quand une voix féminine s'éleva dans la pénombre.

— Il se passe quoi, ici ?

Béa vint se placer à côté de Vadim. Elle lui lança un regard interrogateur.

— Qu'est-ce qu'elle fiche ici, elle ?

63

On ramena Vincent Ronsac en cellule et il eut droit à un plateau-repas.

Le capitaine Marcelin expédia le même plateau-repas, attendant que le procureur le rappelle. Ensuite, il irait dormir. Son logement se situait derrière la gendarmerie, dans un bâtiment neuf de deux étages où vivaient ses collègues et leurs familles. En principe, le lendemain devait être son jour de repos. L'interrogatoire du maire avait duré plus de deux heures, et plusieurs dossiers étaient en souffrance. Il reviendrait donc dans la matinée. L'avantage d'être célibataire…

Marcelin repoussa son plateau sans terminer les haricots verts surgelés qui baignaient dans une sauce marron. Il appuya sur une touche du clavier de son ordinateur et l'écran se ralluma. Il relut les déclarations de Ronsac. Ce n'était pas la première fois qu'un délinquant se déballonnait devant lui. À l'état d'apitoiement du maire avait succédé celui de délateur. Ronsac avait tout balancé. D'abord, confusément, mélangeant la dispute avec son épouse et les propos de Jean-Luc Dauman. Dans un deuxième temps, il avait oublié sa victime pour s'ériger en martyr. Les 50 000 euros ? Existaient-ils réellement ? Dauman lui avait donné un reçu dans une enveloppe après la réunion publique. Une manœuvre habile pour l'acheter. Par la suite, sa vie n'avait été qu'une succession de menaces et d'emmerdes. Constamment sous pression, il avait songé à se tuer. Ronsac l'avait répété à plusieurs reprises au cours de l'audition. Après la mort de Thouar, Dauman lui avait balancé que sa femme couchait avec ce type.

— Mettez-vous à ma place ! avait-il rugi.

176

Le capitaine l'avait regardé froidement jusqu'à ce que ce dernier enchaîne :

— Oui, je sais, ce n'est pas une excuse…

La sonnerie du téléphone retentit. Marcelin décrocha. C'était le procureur. Après le résumé que lui fit le capitaine, ce dernier convint que Vincent Ronsac devait être déféré le lendemain matin chez le juge d'instruction à Périgueux.

64

L'impression qu'un camion m'a roulé dessus. Si mon corps me fait souffrir, mon esprit se noie dans la ouate d'une brume opaque. Une certaine Lou dit que c'est à cause du calmant. Je suis spectatrice du monde qui m'entoure. Je ne m'appartiens plus. Je connais quelques acteurs. Il est question d'une certaine Lydie qui devrait aller à l'hôpital. Sa place n'est pas dans une chambre au rez-de-chaussée d'une ferme. Un certain Régis, je crois, qui n'a pas l'air très en forme et se balade en pyjama, insiste pour que la fille et la femme se reposent.

— Vous savez pas ce que c'est, l'hôpital, pour vouloir l'y envoyer! gronde-t-il.

Il me fait un clin d'œil et je lui souris dans un demi-sommeil. Ce n'est pas un film, finalement, c'est du théâtre. La jeune fille, qui s'appelle Lou, tourne autour du jeune homme. Il l'évite. Il est agacé par sa présence. Elle ne s'en aperçoit pas ou fait semblant. Vadim, je crois que c'est comme ça qu'ils l'appellent, veut que la femme du maire et sa fille aillent trouver refuge ailleurs. Elles pourraient leur causer des ennuis. La jeune fille, son amoureuse? Il jure que non. Elles n'ont pas d'endroit où aller. La jeune femme qui fait le lit avec un type qui a des tresses mal foutues leur dit de se taire. « On verra plus tard », dit-elle. On verra quoi? Son plus grand souci est que son père file se coucher. Régis quitte la pièce. Régis est donc son père. Les rôles de chacun sont distribués, bien que le mien soit plutôt vague.

Je devrais me lever du fauteuil. Rentrer chez moi. Besoin d'un bon bain. Je suis sale. Je suis incapable de bouger. Le sol n'est pas très propre. Un vieux lino. Une imitation des lattes d'un plancher en chêne. Ça sent le renfermé. Je ferme les yeux. J'oublie le vieux lino. Je ne veux plus assister au spectacle.

Projeté derrière mes paupières closes, je le vois. D'abord son torse imberbe comme celui d'un adolescent. Et puis, soudain, un bruit étrange. La chasse est-elle ouverte ? Je suis rassurée. À lui, je peux me confier. Cette histoire est ridicule. Des vacances avec mon mari ? Complètement stupide ! Qu'il y aille seul. Curieuse, je suis à la fenêtre. Non, ne pas regarder à travers les carreaux. Je ne veux pas ! Il ne faut pas qu'il quitte la maison ! Reste auprès de moi ! J'étouffe !

    — *Qu'est-ce qu'elle a ? s'inquiète une voix d'homme.*

    — *Elle pleure, répond la jeune fille amoureuse.*

65

Le lendemain matin, le quotidien régional faisait sa une sur l'interpellation du maire de Paunac. Le correspondant local n'avait pas fourni beaucoup d'informations à la rédaction et le chef d'agence avait téléphoné à la gendarmerie pour avoir confirmation de l'arrestation. Quant à ses raisons, elles demeuraient pour le moment obscures. L'article se contentait de reprendre le pedigree de l'élu. Il l'illustrait d'une photo d'archive qui ne mettait pas vraiment le maire en valeur. La suite était pour bientôt, concluait le correspondant sans se mouiller.

Le premier adjoint, comme tous les habitants, apprit la surprenante nouvelle par la presse. Il appela aussitôt les services du préfet et s'enquit de ce qu'il devait et pouvait faire. On lui répondit que le plus urgent était d'attendre. L'instruction suivait son cours. Le maire était écroué pour sa sécurité. Le premier adjoint eut l'impression qu'on lui expliquait que Ronsac avait la mafia à ses trousses. En réalité, les gendarmes, le capitaine Marcelin en tête, et le juge d'instruction, par la même occasion, craignaient qu'il ne se suicidât. On l'avait donc mis à l'abri de lui-même dans une cellule fraîchement rénovée de la maison d'arrêt de Périgueux. Son avocat, maître Chabert, n'avait pu obtenir la remise en liberté de son client, qui ne semblait d'ailleurs pas la souhaiter. Voilà ce qu'apprit le premier adjoint et qui le laissa incrédule et démuni.

À Paunac, la seule qui connaissait les raisons de l'arrestation du maire était la boulangère. Entre deux clients, elle lut l'article du quotidien et mesura les maladresses du correspondant local qui brodait afin de cacher son ignorance des faits. Martine savait, mais se taisait. Elle détestait les racontars. Les airs de conspirateurs pris par les pourvoyeurs de ragots. Ces mauvaises langues qui confondaient sa boulangerie avec le bar du commerce.

Elle étouffa un bâillement.

La nuit avait été courte. De retour chez elle vers 21 heures, elle n'avait pas trouvé le sommeil. Elle songeait à Lydie. Aurait-elle les ressources psychologiques nécessaires pour se séparer de son mari ? Ça demandait du courage et de l'envie. À sa connaissance, Lydie n'avait jamais travaillé. Elle approchait l'âge où il devenait compliqué de trouver un premier emploi. Bien sûr, elle était jolie et il n'était pas impossible qu'elle séduise à nouveau un homme. Certaines femmes avaient besoin d'un homme pour exister. Ça n'avait jamais été son cas.

Martine revit Lou débouler la veille en hurlant dans le magasin. Qu'allait devenir cette pauvre gamine ? La sonnette de la porte d'entrée retentit quand une cliente entra.

— Bonjour, Madame Suez, une baguette, comme d'habitude ?

— Oui, pas trop cuite, et donnez-moi le *Sud Ouest*, s'il vous plaît. C'est vrai ce qu'on raconte ? Notre maire est parti avec les gendarmes ?

— Je peux pas vous dire, je n'ai pas encore eu le temps de lire le journal…

66

Le capitaine Marcelin téléphona à Lydie le lendemain de l'arrestation de Ronsac pour l'informer que son époux serait incarcéré à Périgueux, le temps de l'instruction. Il lui proposa à nouveau de venir porter plainte à la gendarmerie. Il pouvait même envoyer un gendarme prendre sa déposition si elle se sentait trop faible. Lydie déclina l'offre et elle n'eut pas à taire l'endroit où elle se trouvait avec sa fille, Marcelin omettant de le lui demander.

— Je ne ressens pas le besoin de me venger, expliqua-t-elle.

Marcelin lui signala que ses hommes avaient retrouvé chez Xavier Thouar sa carte de médiathèque et divers objets lui appartenant. Lydie ne tomba pas dans le piège qu'il lui tendait.

— Ah, ça ? avait-elle murmuré. Vous pouvez les jeter, je n'en ai plus besoin...

Le capitaine n'insista pas. Au vu des avancées de l'enquête, il se passerait de ses aveux. Qu'elle fût ou non la maîtresse de Thouar avait peu d'importance. Il raccrocha et organisa sans délai l'arrestation du promoteur Jean-Luc Dauman, soupçonné de corruption. Marcelin ne se souvenait pas d'un jour de repos aussi chargé.

Après cet appel, Lydie éteignit son portable. Elle ne désirait rien savoir du monde extérieur. L'unique personne qu'elle acceptait auprès d'elle, parce qu'elle avait un pied dedans, un pied dehors, était Katia. À la demande de Béa, ce matin-là, l'infirmière effectuait sa troisième visite à la victime.

En revanche, la présence de Lou s'avérait compliquée pour Béa, qui s'était engagée auprès de Vadim à avoir une conversation avec elle. Ce qui ne l'enchantait guère. Elle avait été une adolescente tranquille et joyeuse, tout le contraire de Lou. Cette fille était une boule de nerfs, imprévisible et nourrie par un flux discontinu d'hormones. Sa fixation sur Vadim engendrait une atmosphère pesante.

Béa aida son père à mettre ses chaussons, ce qui n'était pas une mince affaire. L'agriculteur souhaitait plutôt chausser ses bottes pour faire le tour de ses champs. Il promettait qu'il irait à pied.

— Arrête, papa, tu sais très bien que tu vas te retrouver sur ton tracteur avant même d'y avoir pensé ! Alors, tu restes en chaussons à la maison, tu bouquines un peu, tu regardes la télé, tu fais ce que tu veux, mais tu te reposes. Sinon, retour à l'hôpital ! le menaça-t-elle.

Béa abhorrait le rôle qu'il l'obligeait à jouer. Mais avait-elle le choix ? Régis Mativet se comportait comme un enfant capricieux, alternant mensonges et colères dans le but inavoué de parvenir à ses fins : recouvrer sa liberté de mouvement au mépris de sa convalescence.

— Ça t'amuse de me tenir enfermé toute la journée ! ronchonna-t-il. Je ne suis pas ta chose ! Je suis ton père, bon sang !

Béa ne put retenir un sourire.

— T'es vraiment qu'un gamin, papa ! soupira-t-elle en déposant un baiser sur son front.

Par la fenêtre de la cuisine, elle aperçut Lou qui passait et repassait devant la maison.

— Tiens, à propos de gamin, j'ai un truc à régler… Mais, attention, papa, je t'ai à l'œil ! le prévint-elle en décrochant son gilet en laine polaire de la patère près de la porte.

Elle quitta la maison. L'air frais de cette matinée d'avril la fit frissonner. Une légère brume enveloppait les champs alentour. Lou tournait le dos à la porte. Béa la rejoignit et lui posa une main sur l'épaule. L'adolescente fit volte-face. Elle grimaça en découvrant la jeune femme.

— Tu as besoin de quelque chose ? demanda aimablement Béa.

Lou secoua la tête, mais se reprit et demanda :

— En fait… ben, voilà, je me demandais si je pouvais aider. Je ne sais pas, moi… Faire un truc utile, quoi.

Béa lui conseilla d'aller s'occuper de sa mère qui en avait sûrement besoin, mais Lou objecta que Lydie préférait être seule pour l'instant.

— Elle tue le temps allongée, les yeux dans le vide à mater le plafond. Elle prétend qu'elle se repose…

— Peut-être que tu devrais faire comme elle. Ou bien réviser tes cours…

Depuis le début de la conversation, Lou regardait sans cesse en direction de la porte de la ferme.

— Tu veux voir mon père ? demanda Béa, d'un ton volontairement innocent.

— Heu… non, non… je…

Lou partageait avec sa mère la maison de Mativet. Le vieil agriculteur l'impressionnait et l'adolescente s'arrangeait pour ne jamais le croiser.

— Ah, j'ai cru que c'était ça, parce que tu regardes tout le temps la porte… À moins que ce ne soit Vadim, peut-être ?

Les joues de Lou virèrent au cramoisi.

— Je ne sais pas. Peut-être que tu crois que lui, il aurait besoin de quelque chose… insista Béa, qui ne ressentait aucun plaisir à sadiser la jeune fille, qui aurait pu être sa petite sœur.

Elle décida de trancher dans le vif pour abréger ses souffrances :

— Puisqu'on parle de lui, il faudrait que tu piges une fois pour toutes qu'il n'a pas du tout envie que tu le colles comme tu le fais. Tu as, semble-t-il, des sentiments qu'il ne partage pas. Je comprends que ce soit douloureux pour toi, mais tu ne peux rien y changer. Le mieux, pour tout le monde ici, serait que tu passes à autre chose.

Béa marqua un temps, puis insista :

— On s'est comprises ?

Lou lui parut absente, et elle ne sut pas si elle avait été entendue ou non.

L'adolescente tourna brutalement les talons.

— N'importe quoi ! éructa-t-elle en s'éloignant à pas rapides.

67

Quatre jours passèrent pendant lesquels les zadistes vécurent en autarcie totale. Tant de plaies à panser, tant de personnes à protéger qu'aucun d'entre eux n'eut le courage d'installer un étal sur le marché. Les décombres de la grange cessèrent de fumer. Pas un projet de reconstruction ne fut abordé, il était encore trop tôt pour envisager la suite. L'auvent sous lequel se tenaient les repas pris en commun était déserté. Les camarades venaient se sustenter par petits groupes ou en solo. Seuls Félix et Lucie reprirent leurs habitudes et coururent dans tous les sens en criant à tue-tête, maintenant ainsi un semblant de vie au sein de la communauté.

Une ambiance qui contrastait avec le climat chargé d'électricité qui régnait à Paunac depuis l'arrestation du maire. Il avait d'abord fuité que les ennuis de Ronsac étaient d'ordre personnel. Officiellement, il était de bon ton d'observer un silence respectueux à ce sujet. En privé, on avait son idée sur la question : une femme trop belle pour être honnête ; un homme qui travaillait trop ; une fille fugueuse et délurée… Ne l'avait-on pas vue se promener à moitié nue durant la marche blanche ? La présence des gendarmes à l'intérieur de la mairie et à de nombreuses reprises avait suscité d'autres rumeurs où s'entremêlaient des histoires de sexe et d'argent. Une alliance douce comme du miel… Puis, la veille au soir, l'information tomba : Jean-Luc Dauman avait été incarcéré.

Le préfet, cherchant à reprendre la main sur les différentes affaires judiciaires, décida qu'il était temps d'intervenir. À onze heures tapantes, il organisa une conférence de presse. Le discours qu'il prononça n'aurait atteint la ZAD que plusieurs jours plus tard si Martine Tchakarov n'écoutait pas France Bleu dans sa voiture durant sa tournée. En entendant citer Paunac, elle augmenta le volume de l'autoradio. Submergée par un sentiment d'allégresse, elle dévia de sa route habituelle pour se rendre au plus vite à la ZAD.

Trois coups brefs de klaxon, un plus long. Elle s'apprêtait à recommencer quand, enfin, elle aperçut Sam et Gabriella. Ils lui ouvrirent la grille sans trop y mettre de zèle. Le Kangoo entra, stoppa, et Martine se rua hors de l'habitacle.

— Le projet est abandonné ! Le projet est abandonné ! Le préfet vient de le dire à la radio ! hurla-t-elle.

— Vous en êtes certaine ? demanda Sam.

— Parfaitement ! Les promoteurs se retirent ! Ils...

Elle s'apprêtait à donner des détails quand elle distingua Lou assise sous l'auvent, la capuche de son sweat-shirt rabattue sur la tête.

Martine agrippa Sam par la manche et murmura :

— Le maire a démissionné... Je ne sais pas s'il faut le leur dire...

— Le principal, c'est qu'ils aient abandonné ! Putain, on a gagné ! réalisa soudain Sam.

Gabriella, de son côté, courut vers la ferme en criant :

— Ils ont abandonné ! Y a plus d'expulsion ! On a gagné !

68

La fête improvisée tirait à sa fin. Vadim, Oscar et Anita terminaient de débarrasser les grandes planches qui avaient servi de table, tandis que Gabriella et Sam faisaient la plonge sous l'auvent. Marie Aselmot rangeait les reliefs du déjeuner dans le frigidaire commun.

Dans le champ proche, Billy, Anne-So et Lou s'entraînaient au tir à l'arc. De temps à autre, la voix de Billy s'élevait pour féliciter l'adolescente qui apprenait vite.

Félix et Lucie faisaient du vélo sur le chemin en castine, soulevant des nuages de poussière blanche.

— On est le combien, là ? demanda Vadim, l'air préoccupé.

— Le 14, répondit Anita du tac au tac, rattrapant de justesse une pile de verres qui tanguait dangereusement.

— Oh merde… murmura Vadim. Je reviens, dit-il avant de s'éloigner vers la ferme de Mativet.

Près d'une tente, Ténor récupérait l'une de ses chèvres qui s'était écartée du troupeau. À ses côtés, Lydie observait l'animal avec un sourire triste. Son visage portait encore des marques de coups. Elle se déplaçait lentement, immergée dans un monde intérieur où personne n'avait pour l'instant accès. Curieusement, durant le déjeuner auquel Béa l'avait priée d'assister, Lydie avait apprécié la présence silencieuse du chevrier. Quand il avait repéré la chèvre fugueuse, elle l'avait suivi sans qu'il le lui propose.

— J'ai entendu que mon mari avait démissionné… dit-elle sans préavis.

Ténor bloqua la chèvre entre ses mollets sans répondre.

— Je crois qu'il en avait assez de toutes ces histoires… poursuivit Lydie.

Ténor n'était pas certain qu'elle s'adressait à lui. Peut-être parlait-elle en l'air ? Va savoir.

— Je vais la ramener avec les autres. Vous voulez venir ? tenta-t-il.

Il empoigna l'animal par le flanc et le tint sous son bras.

— Avec plaisir. Ça doit être amusant…

Lydie emboîta le pas de Ténor le long de la sente, les bras croisés contre son ventre. Ils s'éloignèrent, l'un derrière l'autre, la chèvre bêlant sous le bras du chevrier.

Vadim retrouva Béa à l'instant où elle sortait de la ferme.

— Il fait la sieste ? l'interrogea-t-il.

La jeune femme acquiesça. Toute la tension emmagasinée ces dernières heures sur ses épaules s'était évaporée. Son père avait un peu trop bu durant le déjeuner, ce qui n'était pas conseillé, mais il avait été drôle et s'était allongé sur son lit sans rechigner. Il dormait déjà quand Béa avait refermé la porte de sa chambre.

— Il ronfle, tu veux dire !

Elle s'agrippa à son cou et l'embrassa à pleine bouche.

— Je n'arrive pas à y croire… dit-elle en décollant ses lèvres des siennes. On a réussi…

— Moi non plus, je n'y arrive pas… Tout est allé si vite…

— Qu'est-ce qu'on va devenir, maintenant ? s'inquiéta la jeune femme, croisant ses doigts dans ceux de Vadim.

Tous deux fixèrent l'auvent où des zadistes s'activaient au rangement, puis le pré où Lou se concentrait sur sa cible, tandis que Billy et Anne-So l'encourageaient, et enfin, la sente que Ténor et Lydie achevaient de gravir.

— Ils vont tous partir, tu crois ? demanda Béa.

Il était trop tôt pour savoir de quoi serait fait l'avenir.

— Je pense que nous avons encore besoin de fêter tout ça… avança Vadim. Pour le moment, j'aurais un truc à te proposer.

Tu n'es pas obligée, bien sûr, mais je viens de me souvenir que c'est l'anniversaire de ma mère. J'ai envie d'aller la voir pour lui faire une surprise. Ça me ferait plaisir de te la présenter.

— Waouh, tu veux me présenter à tes parents ? s'amusa Béa.

Vadim prit ça pour une réponse positive, lui attrapa la main et l'entraîna.

— Viens, on va prévenir les potes qu'on s'absente, dit-il. On rentrera ce soir. On peut prendre ta voiture ?

— Attends, il faut peut-être que je mette une robe ou un truc un peu plus classe ! Rencontrer tes parents ! Waouh ! continua-t-elle à s'amuser en marchant, son épaule tout contre celle du jeune homme.

Ils rejoignirent l'auvent, tandis que Billy, suivi par Lou, harnachée comme une Indienne avec son arc en bandoulière, son carquois rempli de flèches accroché à l'épaule, et Anne-So débarquaient pour se faire un café.

— Hey, les amoureux, vous venez tirer ? On organise un tournoi ! proposa Billy.

Vadim déclina la proposition. Il annonça à la cantonade qu'il partait avec Béa pour Bordeaux.

— C'est l'anniversaire de ma daronne !

— Cool ! dit Anne-So en se servant un grand verre d'eau. Vous serez là ce soir ?

— On a des potes qui viennent jouer de la musique ! Ils sont trop chauds pour faire la fête avec nous, avertit Oscar.

Béa se colla contre Vadim et mima un cœur avec ses mains.

— Va me présenter ses parents ! lança-t-elle avant d'éclater de rire.

— Alors là, mon garçon, tu sais ce que ça veut dire ? plaisanta Marie en le menaçant de l'index.

Vadim leva les yeux au ciel.

— Bon, allez, ça va un moment, vos conneries ! C'est juste un anniversaire !

Il s'empara de la main de Béa et ils se dirigèrent de concert en direction du hangar devant lequel était garée la voiture de la jeune femme.

La seule qui n'avait pas participé à la joute verbale, qui ne s'était pas esclaffée, qui ne leur avait pas souhaité bonne route, était Lou. Elle était restée de marbre. Vadim s'absentait avec cette fille qui allait connaître sa famille ! Ils rouleraient côte à côte pendant des kilomètres. Béa avait formé un cœur avec ses doigts. Vadim ne s'en était pas offusqué ! Et maintenant, ils s'éloignaient en se tenant par la main.

Lou saisit l'arc qui pendait derrière son dos. Elle prit une flèche dans le carquois, ficha la corde dans l'entaille et arma son bras. Elle était étrangement calme, bien que dans sa tête, son cerveau bouillonnait.

Dans sa visée, le dos de Béa.

Billy posa une cafetière sur la table et s'aperçut du geste menaçant de Lou.

— Eh ! Qu'est-ce que tu fais ! hurla-t-il.

Vadim se retourna, comprit instantanément le drame qui se jouait et se jeta sur Béa. Dans la même seconde, la pince des doigts de Lou sur la corde tendue s'ouvrit. Un bruit vibrant emplit l'air. La flèche prit son envol, fendant l'espace qui la séparait du couple. Au bout de sa trajectoire, elle s'enfonça dans le cou de Vadim. Le jeune homme convulsa avant de s'affaler. Il entraîna Béa dans sa chute.

Sous l'auvent, Lou, l'arc encore frémissant dans sa main gauche, ne put retenir un cri aigu.

Puis elle tomba à genoux.

REMERCIEMENTS

Les auteurs remercient particulièrement François Aramburu pour avoir été le premier à croire à ce projet.

Quant à Julie Jézéquel, elle remercie également ses trois inspirateurs qui se reconnaîtront.

Drôles de pages

Collection dirigée par Yoann Laurent-Rouault

Chroniques, récits, journaux, témoignages, carnets de bord, expériences en tous genres, loufoqueries et billeve-sées. Théâtre et roman. Nouvelles. Poésie. L'élixir et aussi le flacon. Tout y est possible.

Une seule condition d'admission : l'humour et la réflexion doivent s'unir pour le meilleur et non pour le pire.

Cette collection est effectivement un agglomérat de drôles de pages, servez-vous et dégustez chaud !

À découvrir dans la collection Drôles de pages

Aimez-vous les uns les autres de Sir Sami Rliton

Gaufrette aux piments de Bérénice Jolilac

Le meurtre du bon sens de Gilles Nuytens

Petit traité philosophique d'une confinée du peuple d'Anne-Sophie Tredet

L'existence de l'inexistence de Jean Guesly

Suivez **JDH Éditions** sur les réseaux sociaux
pour en savoir plus sur les auteurs,
les nouveautés, les projets…

Inscrivez-vous à notre Newsletter sur
www.jdheditions.fr
Pour recevoir l'actualité de nos nouvelles
parutions

L'Édredon

La revue littéraire de JDH Éditions

Venez découvrir les textes de la revue